KB117093

도쿄
쿄
기담
집

도쿄 기담집

東京奇譚集

무라카미 하루키

양윤옥 옮김

비채

목차

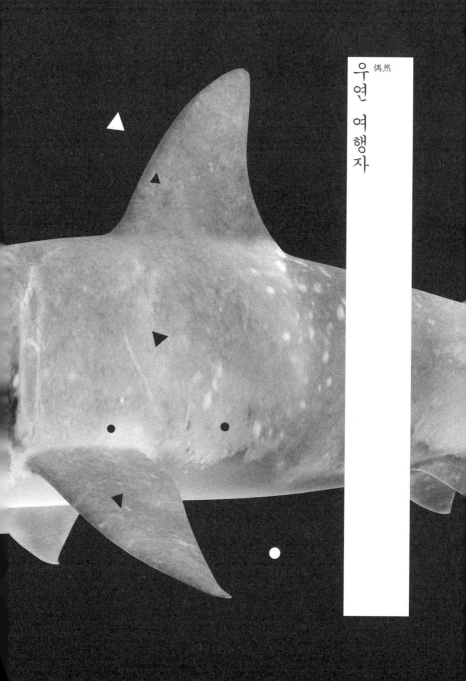

우연 偶然 여행자

　나 무라카미는 이 글의 필자다. 이 이야기는 거의 다 삼인칭으로 서술되었지만, 첫머리에 화자가 먼저 얼굴을 내밀게 되었다. 옛날식 연극처럼 커튼 앞에 나서서 몇 마디 해설을 하고 인사한 다음에 물러날 것이다. 아주 잠깐이면 끝날 테니 잠시만 함께해주셨으면 한다.

　왜 내가 여기에 얼굴을 내밀었는가 하면, 과거에 내 신상에 일어났던 몇 가지 '신기한 일'에 대해 직접 말해두는 게 좋겠다고 생각했기 때문이다. 사실 그런 종류의 일들이 내 인생에서는 자주 일어났다. 어떤 것은 의미를 가진 사건이었고 내 삶의 존재 방식에 적잖이 변화를 몰고 오기도 했다. 또 어떤 것은 별 볼일 없는 소소한 사건이어서 그것에 의해 내 인생이 딱히 영향을 받는 일은 없었다…… 아마 없었을 것이다.

　하지만 사람들과 이야기하는 자리에서 그런 쪽의 체험담을 꺼내놓으면 반응이 별로 탐탁지 않았다. 대부분의 경우 "아, 그런 일이 다 있군요"라는 정도의 미적지근한 느낌으로 대화가 파해버린다. 그 얘기를 계기로 이야기에 흥이 오르는 일이 없다. "나도 그 비슷한 경험이 있었는데"라는 식으로 화제가 가지를 치지도 않는다. 마치 엉뚱한 수로로 이끌려간 용수用水처럼 내가 꺼낸 이야기는 이름 모를 모래땅으로 스르륵 빨려든다. 짧은 침묵이 있다. 그러고는 누군가가 전혀 다른 화제를 꺼낸다.

내가 말하는 방식에 뭔가 문제가 있었는지도 모른다, 라고 생각했다. 그래서 잡지의 에세이에 그 비슷한 것을 써봤다. 글로 써내면 사람들이 좀더 성의껏 귀를 기울여줄지도 모른다. 하지만 내가 쓴 그 글을 거의 아무도 믿지 않는 것 같았다. "그거, 어차피 지어낸 얘기지요?"라는 말을 들은 적도 몇 번 있었다. 아무래도 소설가라고 하니까 내가 말하는(써내는) 것은 모두 많든 적든 '지어낸 이야기'로 간주해버리는 모양이다. 나는 분명 픽션의 틀 안에서는 꽤 대담하게 이야기를 지어낸다(어쨌든 그게 픽션의 역할이니까). 하지만 그런 작업을 하지 않을 때는 일부러 별 의미도 없이 이야기를 지어내지는 않는다.

그런 이유로 이 자리를 빌려, 말하자면 서론으로서, 지금까지 내가 경험한 신기한 일에 대해 짤막하게 이야기하고자 한다. 별볼일 없는 소소한 쪽의 체험만을 다룰 것이다. 내 인생을 바꾼 신기한 일에 대한 얘기를 시작했다가는 지면의 대부분을 다 써버릴 것 같으니까.

1993년부터 1995년까지 나는 매사추세츠 주 케임브리지에서 살았다. 초청작가 비슷한 자격으로 대학에 소속되어 《태엽 감는 새》라는 제목의 긴 소설을 쓰고 있었다. 케임브리지의 찰스스퀘어에는 '레거타 바'라는 재즈클럽이 있어서 거기에서 수많은 라이브 연주를 들었다. 적당한 크기의 편안한 재즈클럽이다. 이름 있는 뮤지션도 자주 출연했고 요금도 그리 비싸지 않았다.

어느 날인가 피아니스트 토미 플래너건이 이끄는 트리오가 그곳에 출연했다. 아내는 그날 저녁에 뭔가 볼일이 있어서 나 혼자 들으러 갔다. 토미 플래너건 씨는 개인적으로 가장 좋아하는 재즈 피아니스트 가운데 한 사람이다. 대부분의 경우 반주자로서 따스하고 깊이 있는, 얄미울 만큼 안정된 연주를 들려준다. 싱글 톤이 더할 수 없이 아름답다. 무대 바로 앞 테이블에 진을 치고 캘리포니아 메를로 술잔을 기울이며 그의 스테이지를 즐겼다. 하지만 개인적인 느낌을 솔직히 말해도 된다면, 사실 그날 밤 그의 연주는 그다지 열정적이라고 할 수 없었다. 컨디션이 그리 좋지 않았는지도 모른다. 아직 밤도 그리 깊지 않은 시간이라서 별로 내키지 않았는지도 모른다. 결코 나쁜 연주는 아니었지만 우리의 마음을 다른 장소로 띄워보낼 만한 **뭔가**가 부족했다. 마법 같은 번뜩임이 보이지 않았다고 해야 할까. '원래 이렇지 않았는데. 아마 조금 있으면 틀림없이 제 실력이 나올 거야'라고 기대하며 연주를 듣고 있었다.

하지만 시간이 지나도 기대만큼 흥이 오르지 않았다. 스테이지가 점점 끝에 가까워지면서 '아, 이대로 끝나지 말았으면 좋겠는데'라는 초조함도 점점 강해졌다. 그날 밤 그의 연주를 기억하기 위한 실마리 같은 것을 나는 얻고 싶었다. 이대로라면 어중간한 인상만 남는다. 어쩌면 거의 아무것도 남지 않을지도 모른다. 그리고 토미 플래너건의 연주를 라이브로 들을 기회는 앞으로 두 번 다시 없을지도 모르는 것이다(실제로 없었다). 나는 그때 문득 이렇게 생각했다. '만일 지금 토미 플래너건에게 두 곡을 신청할 권리가 내게 주어진다면 어떤 곡을 선택할까'라고. 잠시 생각을 굴린 끝에 선택한 것은 '바르바도스'와 '스타 크로스트 러버스', 두 곡이었다.

'바르바도스'는 찰리 파커의 곡, '스타 크로스트 러버스'는 듀크 엘링턴의 곡이다. 재즈에 대해 그리 잘 알지 못하는 분들을 위해 잠깐 설명하자면, 둘 다 대중적인 곡은 아니다. 이 곡들이 연주될 기회는 그리 많지 않다. '바르바도스'는 어쩌다 귀에 들어오는 일도 있지만 찰리 파커가 남긴 작품들 중에서는 오히려 밋밋한 편이고, 더구나 '스타 크로스트 러버스'는 "그런 건 들어본 적도 없다"는 사람이 대부분 아닐까. 한마디로, 내가 하려는 말은 그게 상당히 '수수한' 선곡이었다는 것이다.

가공의 신청곡으로 이 '수수한' 두 곡을 선택한 것은 물론 나름대로 이유가 있었다. 토미 플래너건은 과거에 그 두 곡에 대해 매우 인상적인 연주 녹음을 남겼다. '바르바도스'는 J.J. 존슨 밴드의 피아니스트로서 〈Dial J.J.5〉(1957년 녹음)라는 앨범에, '스타 크

13

奇東
譚京
集

로스트 러버스'는 페퍼 애덤스와 주트 심스의 쌍두 퀸텟의 일원으로서 〈Encounter!〉(1968년 녹음)라는 앨범에 수록되어 있다. 토미 플래너건은 그 기나긴 연주 경력 동안에 반주자로서 헤아릴 수 없이 많은 곡을 연주하고 녹음했지만, 나는 특히 그 두 곡에 나오는 그의 짧지만 지적이고 깔끔한 솔로를 좋아해서 오랜 세월 즐겨 들어왔다. 그래서 그 두 곡을 지금 눈앞에서 실제로 들을 수 있다면 더 말할 것 없이 좋을 텐데, 라고 생각한 것이다. 그가 무대에서 내 테이블로 곧장 다가와 "이봐, 당신, 아까부터 보고 있자니 뭔가 듣고 싶은 곡이 있는 것 같아. 원한다면 두 곡쯤, 제목을 말해 봐"라고 해주는 일은 없으려나, 혼자 생각하며 지그시 그의 모습을 바라보았다. 물론 그것이 이루어질 리 없는 망상이라는 건 잘 알고 있었지만.

하지만 플래너건 씨는 스테이지의 마지막에 아무 말도 없이, 이쪽을 한 번 쓰윽 쳐다보는 일도 없이, 그 두 곡을 연달아 연주해주었다! 처음에는 발라드 '스타 크로스트 러버스'를, 그리고 이어서 빠른 템포의 '바르바도스'를. 나는 와인 잔을 손에 든 채 모든 할 말을 잃었다. 재즈 팬이라면 잘 아시겠지만, 저 하늘의 별만큼 수많은 재즈곡 중에서 스테이지 마지막에 이 두 곡을 연달아 연주해줄 확률이라고는 그야말로 천문학적인 것이다. 그리고—이것이 이 이야기의 가장 큰 포인트인데— 그것은 실로 멋지고 훌륭한 연주였다.

　두번째 일도 대략 그 비슷한 시기에 일어났다. 이것 역시 재즈
와 관련된 것이다. 어느 날 오후, 나는 버클리 음악대학 근처 중고
레코드점에서 레코드를 찾고 있었다. 오래된 LP판이 진열된 선반
을 탐사하는 것은 나의 몇 안 되는 삶의 보람 중 하나다. 그날은
페퍼 애덤스의 〈10 to 4 at the 5 Spot〉이라는 리버사이드의 오
래된 레코드를 찾아냈다. 트럼펫의 도널드 버드를 포함한 페퍼 애
덤스의 열정적인 퀸텟이 뉴욕 재즈클럽 '파이브 스폿'에 출연했
을 때의 라이브 판이다. '10 to 4'라는 것은 오전 '4시 십 분 전'
이라는 뜻이다. 즉 그들은 그 클럽의 열기 속에서 꼬박 새벽까지
연주했던 것이다. 오리지널 판이고, 새것과 거의 똑같은 상태였
다. 가격은 7달러나 8달러였던 것 같다. 나는 일본 라이선스 판으
로 이 앨범을 갖고 있었지만 너무 오래 들었기 때문에 흠집도 많
았고, 이런 가격으로 질 좋은 오리지널 판을 살 수 있다니, 조금
과장해서 말하자면 '작은 기적'에 가까운 일이었다. 행복한 마음
으로 그 레코드를 사들고 가게를 나오려고 했을 때, 나와 마주 스
치며 안으로 들어가던 젊은 남자가 우연히 말을 걸어왔다.

　"Hey, you have the time? (지금 몇 시야?)"

　나는 손목시계를 보며 기계적으로 대답했다.

"Yeah, it's 10 to 4."

그렇게 대답하고 나서야 나는 거기에 나타난 우연의 일치를 깨닫고 숨을 헉 삼켰다. 우와, 이건 뭔가, 내 주위에서 대체 무슨 일이 일어나고 있는 거지? 재즈의 신─이라는 게 보스턴의 하늘 위에 있다면 그렇다는 얘기지만─이 나를 향해 한눈을 찡긋하며 미소를 보내시는 건가. 이봐, 꽤 괜찮은 게 걸렸지?(Yo, you dig it?), 라고.

두 가지 일 모두, 정말 내용면에서는 별것도 아닌 일이다. 그런 일로 내 인생의 흐름에 어떤 변화가 생겼던 것도 아니다. 나는 그저 어떤 종류의 신비함에 가슴이 뭉클했을 뿐이다. 이런 일이 진짜로 일어나기도 하는구나, 하고.

실은 나는 오컬트 현상에는 거의 관심이 없는 사람이다. 점이니 점쟁이 따위에 마음이 솔깃한 적도 없다. 굳이 점쟁이에게 손금을 보러 가느니 차라리 내 머리를 쥐어짜 어떻게든 문제를 해결하려고 노력한다. 결코 머리가 뛰어나다고는 할 수 없지만, 그래도 그러는 게 일이 더 손쉽다는 생각이 든다. 초능력에도 관심이 없다. 윤회에도, 영혼에도, 예감에도, 텔레파시에도, 세계의 종말에도 솔직히 별 흥미가 없다. 완전히 불신한다는 얘기는 아니다. 그런 종류의 일들이 있다고 해도 뭐, 괜찮다고 생각한다. 다만 단순히 개인적으로 흥미가 없다는 것뿐이다. 하지만 그런데도 불구하고 적지 않은 수의 불가사의한 현상이 나의 조촐한 인생 곳곳에 다채로운 재미를 더해주곤 한다.

그것에 대해 내가 뭔가 적극적인 분석을 하는가? 안 한다. 다만 그런 일들을 우선 있는 그대로 받아들이고, 그다음은 지극히 평범하게 살아갈 뿐이다. 그저 멍하니 '그런 일도 진짜 일어나는구나'라든가 '재즈의 신 같은 게 있는지도 모르겠다'라든가, 혼자 생각해가면서.

지금부터 쓰려는 이야기는 어느 지인이 개인적으로 내게 들려준 것이다. 무슨 말끝엔가 내가 앞서 얘기한 두 가지 에피소드를 들려주었더니 그는 잠시 진지한 눈빛으로 뭔가 생각을 더듬는가 싶더니 "실은 나도 **그** 비슷한 경험을 한 적이 있어요"라고 말했다. "우연이 나를 이끌어간 경험이죠. 엄청나게 신기하다고 할 정도는 아니지만, 어떻게 그런 일이 일어났는지 똑 부러지게 해명할 수는 없었어요. 어쨌거나 우연의 일치가 몇 차례 거듭되었고 그 끝에 생각지도 못한 곳으로 이끌려간 것이었죠."

이야기해준 사람이 누구인지 알려지는 것을 피하기 위해 몇 가지 사실은 바꿔 썼다. 하지만 그 이외에는 그가 이야기해준 그대로다.

　그는 피아노 조율사로 일하고 있다. 집은 도쿄 서쪽 다마가와 근처에 있다. 41세, 그리고 게이. 자신이 게이라는 사실을 굳이 감추지는 않는다. 세 살 연하의 보이프렌드가 있지만 그는 부동산 관련 일을 하고 있어서 업무상 커밍아웃을 할 수 없는 형편이다. 그래서 두 사람은 따로따로 살고 있다. 조율사이지만 음악대학 피아노과 출신이라서 피아노 실력도 만만치 않다. 드뷔시나 라벨, 에릭 사티 같은 프랑스음악을 상당히 능숙하고 맛깔스럽게 연주한다. 그가 가장 좋아하는 건 프랑시스 풀랑크의 곡이다.

　"풀랑크는 게이였어요. 그리고 자신이 게이인 것을 사람들에게 숨기려 하지 않았죠." 그가 언젠가 말했다. "당시로서는 그건 웬만해서는 할 수 없는 일이었어요. 그는 또 이런 식으로 얘기하기도 했죠. 내 음악은 내가 호모섹슈얼이라는 점을 빼놓고서는 성립하지 않는다, 라고. 그가 어떤 말을 하려고 했는지, 나는 충분히 이해해요. 풀랑크는 자신의 음악에 성실하기 위해 자신이 호모섹슈얼이라는 것에도 똑같이 성실하지 않으면 안 되었던 거예요. 음악이란 그런 것이고, 삶의 자세라는 것도 그런 거죠."

　나도 풀랑크의 음악은 예전부터 좋아했다. 그래서 그가 우리 집의 오래된 피아노를 조율하러 오면 일을 끝낸 다음에는 풀랑크의 소품 몇 곡을 연주해달라고 부탁한다. '프랑스 조곡'이라든가 '파스토랄레' 같은 곡으로.

자신이 게이라는 사실을 그가 '발견'한 것은 음악대학에 들어간 뒤였다. 그런 가능성에 대해 생각해본 적은 그때까지 한 번도 없었다고 한다. 잘생겼고 집안 환경도 좋고 행동거지도 온화했기 때문에 고등학교 때는 주위 여학생들에게 인기가 있었다. 정해놓고 사귄 여자친구는 없었지만, 몇 번 데이트도 했다. 그녀들과 함께 어울리는 것을 그는 싫어하지 않았다. 그녀들의 헤어스타일을 바로 옆에서 바라보거나 목덜미의 향기를 맡고 작은 손을 잡는 것은 좋았다. 하지만 성관계까지는 가지 않았다. 몇 번 데이트를 하면서 상대가 자신에게 어떤 행동인가를 기대한다는 건 알고 있었다. 하지만 그는 결코 그 한 걸음을 내딛지 않았다. 꼭 그렇게 해야 할 필연성 같은 게 자신 안에서 느껴지지 않았기 때문이다. 주위의 남자 친구들은 하나도 빠짐없이 성적 충동이라는 억제하기 힘든 악마를 떠안고 있었고, 그것을 주체하지 못해 쩔쩔 매거나 혹은 적극적으로 발산하기도 했다. 하지만 그의 안에서는 그런 강한 충동 따위는 일지 않았다. 아마도 자신은 늦된 편인 모양이라고 그는 생각했다. 그리고 아직 딱 맞는 상대를 만나지 못한 모양이라고.

대학에 들어와 같은 학년의 타악기과 여학생과 사귀게 되었다. 이야기도 잘 통하고 둘이 함께 있으면 친밀한 감정도 느낄 수 있었다. 사귄 지 얼마 안 되어 그녀의 방에서 섹스를 했다. 그녀 쪽에서 그를 유혹한 것이다. 술도 좀 마신 터였다. 별다른 지장 없이 섹스를 마쳤는데, 그것은 모두가 말하는 만큼 기분 좋은 것도, 스릴 넘치는 것도 아니었다. 어느 쪽인가 하면, 야만적이고 그로테스크한 짓처럼 생각되었다. 성적으로 흥분했을 때 여성이 몸 전체에서 발하는 미묘한 냄새를 그는 도저히 좋아할 수 없었다. 그녀와 직접적인 성행위를 하기보다는 그저 친밀하게 이야기를 나누고 함께 음악을 연주하고 식사를 하는 게 더 즐거웠다. 그리고 날이 갈수록 그녀와 섹스하는 일이 점점 마음에 큰 부담이 되었다.

그래도 아직 그는 자신이 그저 성적으로 덤덤한 것뿐이라고 생각했다. 하지만 어느 날…… 아니, 이 이야기는 관두기로 하자. 일단 시작하면 길어질 것이고, 이번 이야기와는 직접적인 관계가 없는 일이기 때문이다. 아무튼 어떤 일이 일어나 자신이 틀림없이 호모섹슈얼이라는 사실을 그는 발견했다. 그럴싸한 변명거리를 지어내는 것도 귀찮았기 때문에 그는 "나는 호모섹슈얼인 것 같아"라고 그 여자친구에게 솔직히 털어놓았다. 그리고 일주일 뒤, 주위의 거의 모든 사람이 그가 게이라는 것을 알게 되었다. 그 이야기는 돌고 돌아 가족에게도 전해졌다. 그 일로 인해 그는 몇몇 친한 친구를 잃었고 부모님과의 사이도 상당히 삐걱거렸지만, 결과적으로 말하자면 그것도 나름대로 괜찮은 일이었는지 모른다. 명백한 사실을 장롱 깊숙이 감춰두고 사는 것은 그의 성격에 맞지 않았기 때문이다.

하지만 무엇보다 힘겨웠던 일은 가족 중에서 가장 친했던 두 살터울의 누나와 사이가 틀어져버린 것이었다. 그가 게이라는 사실이 상대측 가족에게 알려지는 바람에 얼마 뒤에 하기로 했던 누나의 결혼이 암초에 부딪혔던 것이다. 어찌어찌 상대의 부모님을 설득해 결혼은 할 수 있었지만, 누나는 그 소란 통에 반쯤 노이로제 상태가 되어 그에게 크게 화를 냈다. 왜 하필 이런 미묘한 시기를 고르고 골라 평지풍파를 일으키느냐고 남동생을 소리 높여 나무랐다. 남동생 쪽에서도 물론 할 말은 있었다. 그리고 그 이래로 두 사람 사이에 존재했던 원래의 친밀함은 두 번 다시 돌아오지 않았다. 그는 결혼식에도 참석하지 않았다.

그는 혼자 살면서 게이로서 나름대로 만족스러운 하루하루를 보냈다. 차림새가 말끔하고 친절하고 예의 바르고 유머 센스가 있는 데다 거의 항상 분위기 있는 미소를 보였기 때문에 많은 사람들은—생리적으로 동성애자를 끔찍하게 싫어하는 사람은 차치하고—그에게 자연스러운 호감을 품었다. 조율사로서의 실력이 일류였기 때문에 수많은 단골 고객이 생겼고 수입도 안정적이었다. 유명 피아니스트가 그를 지명하는 일도 있었다. 대학가 한 귀퉁이에 방 두 개짜리 맨션을 사들였고 그 대출금도 거의 다 갚았다. 고급 오디오세트를 가졌고 자연식 조리에 정통하며 일주일에 닷새는 스포츠센터에 다니면서 군살을 뺐다. 몇 명인가의 남자들과 사

권 끝에 현재 파트너를 만나 벌써 십 년 가까이 평온하고 불만 없
는 성적 관계를 유지하고 있다.

그는 화요일이면 혼자서 혼다 이인승 오픈 스포츠카(그린, 매뉴
얼 시프트 모드)를 몰고 다마가와를 건너 가나가와 현에 있는 아
울렛 쇼핑몰에 갔다. 그 쇼핑몰에는 갭이며 토이저러스, 보디숍
같은 대형 점포가 있었다. 주말이면 너무 혼잡해서 주차 공간을
찾기도 힘들지만 평일 아침 시간은 대체적으로 한산하다. 쇼핑몰
안의 큰 서점에 들어가 재미있어 보이는 책을 사 들고 서점 한 귀
퉁이에 마련된 카페에서 커피를 마시며 책장을 넘기는 것이 항상
그가 화요일을 보내는 방법이다.

"쇼핑몰 자체는 아주 끔찍하죠, 물론. 하지만 그 카페는 묘하게
편안하더라고요." 그는 말했다. "우연히 그곳을 찾아냈어요. 음악
은 전혀 흐르지 않고 모든 좌석은 금연석이고 의자의 쿠션은 책을
읽기에 이상적이죠. 딱딱하지도 않고 지나치게 푹신하지도 않아
요. 게다가 늘 텅 비어 있습니다. 화요일 아침부터 카페를 찾는 사
람은 그리 많지 않고, 만일 있다고 해도 모두 그 근처의 스타벅스
에 가거든요."

화요일이면 그는 인적 없는 그 카페에서 오전 10시쯤부터 오후
1시까지 책읽기에 흠뻑 빠져들었다. 1시가 되면 근처 레스토랑에
가서 참치 샐러드를 먹고 페리에도 한 병 마시고, 그다음에는 스

포츠센터에 가서 땀을 흘렸다. 그것이 그가 화요일을 보내는 방법이었다.

그 화요일 아침, 그는 여느 때처럼 서점 카페에서 책을 읽고 있었다. 찰스 디킨스의 《황폐한 집》. 한참 전에 읽어본 책이지만 서점 진열대에서 발견하자 다시 읽고 싶어졌다. 재미있었다는 기억은 선명한데 줄거리가 제대로 생각나지 않았다. 찰스 디킨스는 그가 좋아하는 작가 중의 한 사람이었다. 디킨스를 읽는 동안에는 다른 일들을 거의 다 잊을 수 있었기 때문이다. 늘 그랬던 것처럼 첫 페이지부터 이야기에 완전히 마음을 빼앗겼다.

한 시간 남짓 집중해서 책을 읽었더니 역시나 피로감이 몰려왔다. 책장을 덮어 테이블에 내려놓고 웨이트리스를 불러 커피 리필을 부탁하고는 카페 밖의 화장실에 다녀왔다. 다시 자리에 돌아오자 옆 테이블에서 마찬가지로 조용히 책을 읽고 있던 여자가 그에게 말을 건넸다.

"실례합니다. 잠깐 여쭤봐도 될까요?"

그는 입가에 애매한 미소를 띠고 상대를 바라보았다. 나이는 아마 그와 비슷한 정도일 것이다. "네, 괜찮습니다. 말씀하세요."

"이렇게 불쑥 말을 건네는 건 실례인 줄 알지만, 아까부터 좀 궁금한 게 있어서요." 그렇게 말하는 그녀의 얼굴이 살짝 붉어졌다.

"아뇨, 괜찮아요. 어차피 한가하던 참이니까 신경쓰시지 말고."

"지금 읽고 있는 그 책 말인데요, 혹시 찰스 디킨스 아닌가요?"

"네, 맞아요." 그는 책을 들어 그녀 쪽으로 내보였다. "찰스 디킨스의《황폐한 집》입니다."

"내 생각이 맞았네." 여자는 안도한 듯이 말했다. "표지가 얼핏 눈에 들어와서 혹시 그 책 아닌가 했거든요."

"《황폐한 집》을 좋아하시는 모양이지요?"

"네에. 아니, 그보다 나도 지금까지 그 책을 읽었거든요. 당신 옆자리에서, 우연히." 그녀도 읽고 있던 책의 커버를 벗겨 표지를 보여주었다.

분명 놀랄 만한 우연이었다. 평일 아침, 한산한 쇼핑몰의 한산한 카페에서 나란히 옆자리에 앉은 두 사람이 완전히 똑같은 책을 읽고 있었다. 그것도 여기저기 유행하는 베스트셀러 소설이 아니라 찰스 디킨스의, 그다지 일반적이라고 할 수 없는 소설을. 두 사람은 이 신기한 우연에 놀랐고 그 덕분에 첫 대면의 어색함이 사라졌다.

그녀는 그 쇼핑몰 근처에 새로 개발된 주택가에 살고 있었다. 《황폐한 집》은 닷새쯤 전에 역시 이 서점에서 구입했다. 그리고 카페에 앉아 홍차를 주문하고 무심코 책장을 펼쳤던 것인데 한번 읽기 시작하자 책을 내려놓을 수 없게 되었다. 문득 깨닫고 보니 두 시간이 지나 있었다. 그렇게 몰두해서 책장을 넘겨본 것은 학생 때 이후로 처음 있는 일이다. 그때 이곳에서 보낸 시간이 매우 흐뭇했기 때문에 다시 같은 자리를 찾았다. 《황폐한 집》의 그다음 이야기를 읽기 위해.

그녀는 자그마한 체구에, 뚱뚱하다고 할 정도는 아니지만 몸의 오목해야 할 부분에 살이 약간 붙기 시작하고 있었다. 가슴이 크고, 호감이 가는 얼굴이었다. 옷차림으로 보아 취향이 고급스럽고 제법 돈을 들이는 것 같았다. 두 사람은 한참동안 이야기를 나누었다. 그녀는 독서 모임 회원이고, 거기서 선정한 '이 달의 책'이 《황폐한 집》이었다. 회원 중에 찰스 디킨스의 열렬한 팬이 있어서 그 여자가 다음에는 《황폐한 집》으로 하자고 제안했던 것이다. 아이가 둘이 있어서(초등학교 3학년생과 1학년생 딸아이) 평소에는 독서에 따로 시간을 내기가 어렵다. 하지만 가끔 짬을 내서 이런 식으로 장소를 옮겨 책을 읽으려 하고 있다. 평소에 주로 만나는 사람은 딸아이와 같은 반 친구들의 엄마지만, 그런 자리에서 나오는 화제라고는 텔레비전 프로그램이나 선생님의 험담 정도여서 좀처럼 공통된 화제를 찾을 수 없다. 그래서 이 지역 독서 모임에 가입했다. 남편도 예전에는 꽤 열심히 소설을 읽었는데 요즘에는 무역회사 일이 너무 바빠서 경제전문서를 집어드는 게 고작이다.

그도 자신의 이야기를 간단히 해주었다. 피아노 조율사로 일하

고 있다는 것. 다마가와 건너편에서 살고 있다는 것. 독신이라는
것. 이 카페가 마음에 들어 매주 일부러 여기까지 차를 몰고 책을
읽으러 온다는 것. 게이라는 것까지는 말하지 않았다. 굳이 숨기
려는 것은 아니지만, 아무 데서나 떠벌릴 만한 일도 아니었다.

　그들은 쇼핑몰 안의 레스토랑에서 함께 점심을 먹었다. 그녀는
스스럼없고 순한 성격의 여자였다. 일단 긴장이 풀리자 많이 웃었
다. 그리 소리가 크지 않은 자연스러운 웃음이었다. 그녀가 지금
까지 어떤 인생을 걸어왔는지 일일이 설명을 듣지 않아도 대략 상
상이 되었다. 세타가야 근처의 비교적 유복한 집안에서 사랑을 받
으며 자랐고, 그리 나쁘지 않은 대학에 진학해 성적은 항상 상위
권, 인기도 있고(남자 친구들보다는 여자 친구들 사이에서 더 인
기가 있었는지도 모른다), 생활력 강한 세 살쯤 많은 남자와 결혼
해서 딸 둘을 낳았다. 아이들은 사립학교에 다닌다. 십이 년에 걸
친 결혼생활은 풍성한 색채가 넘친다고는 할 수 없으나 거기에 딱
히 문제라고 할 만한 것도 없었다. 두 사람은 가벼운 점심식사를
하면서 최근에 읽은 소설 이야기도 하고 좋아하는 음악 이야기도
했다. 그들은 한 시간쯤 그곳에서 대화에 빠져 있었다.

　"오늘 얘기할 수 있어서 즐거웠어요." 식사가 끝났을 때, 그녀
는 뺨이 붉어지며 그렇게 말했다. "이렇게 편하게 대화할 수 있는
사람, 내 주위에는 거의 없거든요."

"나도 즐거웠습니다." 그는 말했다. 그것은 거짓말이 아니었다.

다음 주 화요일, 그가 같은 카페에서 같은 책을 읽고 있으려니 그녀가 왔다. 얼굴을 마주하자 두 사람은 미소를 지으며 가볍게 인사를 했다. 그리고 조금 떨어진 테이블에 앉아 각자 묵묵히《황폐한 집》을 읽었다. 점심때가 되자 그녀가 그의 테이블로 다가와 말을 건넸다. 그렇게 지난주와 마찬가지로 둘이 함께 식사를 했다. 이 근처에 나쁘지 않은 아담한 프렌치레스토랑이 있는데, 괜찮으시면 그곳으로 가시겠어요, 라고 그녀가 제안했다. 이 쇼핑몰 안에는 변변한 식당이 없으니까요. 좋지요, 갑시다, 라고 그는 동의했다. 그녀의 차(푸조 306, 블루, 오토매틱)로 두 사람은 그 레스토랑에 가서 크레송 샐러드와 농어 그릴구이를 주문했다. 화이트와인도 한 잔씩 시켰다. 그리고 테이블을 사이에 두고 찰스 디킨스의 소설에 대해 이야기했다.

식사가 끝나고 쇼핑몰로 돌아가는 길에 그녀는 공원 주차장에 차를 세우고 그의 손을 잡았다. 그리고 어딘가 '조용한 곳'에 둘이서 가고 싶다고 말했다. 일의 진행이 지나치게 빠른 것에 그는 적잖이 놀라고 말았다.

"나는 결혼한 뒤로 이런 짓을 한 적이 없어요. 한번도." 그녀는 변명처럼 말했다. "정말이에요. 하지만 지난 일주일 내내 당신을 생각했어요. 귀찮은 문제는 일으키지 않을게요. 폐를 끼칠 일도 없어요. 물론 내가 싫지 않으시다면, 이라는 얘기지만."

그는 여자의 손을 다정하게 마주 잡고 조용한 목소리로 자신의 사정을 설명했다. 만일 내가 보통 남자였다면 기꺼이 당신과 어딘가 '조용한 곳'으로 갔겠지요. 당신은 대단히 매력적인 여성이고, 함께 친밀한 시간을 보낼 수 있다면 그야말로 멋진 일이라고 생각해요. 하지만 사실은 내가 동성애자예요. 그래서 여자를 상대로 섹스는 못 해요. 여자와 섹스가 가능한 게이도 있지만 나는 그렇지 않아요. 부디 이해해주세요. 당신의 친구가 되는 건 가능해요. 하지만 유감스럽게도 당신의 연인은 될 수 없어요.

그의 설명이 상대에게 충분히 이해되기까지 조금 시간이 걸렸지만(어떻든 동성애자를 만난 건 그녀의 인생에서 처음 겪는 일이었으니까), 그것이 이해된 다음에 그녀는 울었다. 조율사의 어깨에 얼굴을 대고 한참동안 울었다. 아마도 충격이 컸던 것이리라. 딱하게도, 라고 그는 생각했다. 그리고 그녀의 어깨를 안고 머리를 다정하게 쓰다듬었다.

"미안해요." 그녀는 말했다. "나 때문에 하고 싶지 않은 얘기까지 하셨네요."

"아니에요. 딱히 사람들에게 그걸 숨기는 건 아니니까요. 역시 내가 그런 얘기를 미리 내비쳤어야 했는지도 모르겠어요. 오해를 부르지 않도록 말이죠. 어느 쪽인가 하면 오히려 내 쪽에서 당신에게 나쁜 짓을 한 것 같아요."

그는 기다란 다섯 개의 손가락으로 그녀의 머리칼을 다정하게, 쓰다듬었다. 그것이 조금씩 조금씩 그녀의 흥분을 가라앉혔다. 그녀의 오른쪽 귓불에 점이 하나 있는 것을 보고 그는 가슴이 먹먹한 그리움의 감정을 느꼈다. 두 살 터울의 누나에게도 비슷한 자리에 비슷한 크기의 점이 있었기 때문이다. 어렸을 때, 누나가 잠들면 그는 곧잘 장난삼아 그 점을 손끝으로 문질러 없애버리려고 했다. 그러면 매번 누나는 잠에서 깨서 짜증을 냈다.

"하지만 당신을 만난 덕분에 지난 일주일 동안 가슴 두근거리며 하루하루를 보낼 수 있었어요." 그녀는 말했다. "그런 감정 느낀 거, 정말 오랜만이에요. 어쩐지 십대 소녀로 돌아간 것 같아서 즐거웠어요. 그러니까 괜찮아요. 덕분에 미용실에도 가고 단기 다이어트도 하고 이탈리아제 속옷도 사고……."

"돈을 펑펑 쓰게 했군요, 내가." 그는 웃으며 말했다.

"하지만 아마 지금 내게는 그런 것이 필요했을 거예요."

"그런 것이라니, 무슨?"

"내 감정을 뭔가 구체적인 형태로 드러내는 것."

"이를테면 이탈리아제 섹시한 속옷을 사는 것이라든가?"

그녀는 귀까지 빨개졌다. "섹시한 거 아니네요, 전혀, 전혀. 그냥 멋있는 속옷이에요."

그는 빙긋이 웃으며 상대의 눈을 바라보았다. 그리고 자신이 분위기를 누그러뜨리려고 잠깐 실없는 농담을 했을 뿐이라는 눈빛을 건넸다. 그녀도 그것을 이해하고 미소를 지었다. 두 사람은 잠시 서로의 눈을 들여다보고 있었다.

그는 이윽고 손수건을 꺼내 그녀의 눈물을 닦아주었다. 그녀는 매무새를 가다듬고 자동차 선바이저에 달린 거울을 보며 화장을 고쳤다.

"내일모레, 시내 병원에서 유방암 재검사 예약이 되어 있어요." 차를 쇼핑몰 주차장에 넣고 사이드브레이크를 당긴 뒤에 그녀는 그렇게 말했다. "정기검진 때 엑스레이 사진에 미심쩍은 그늘이 보인다고, 다시 한 번 자세히 검사해보자는 연락이 왔거든요. 만일 그게 암으로 판정되면 즉시 입원해서 수술을 받아야 할 거예요. 오늘 내가 이런 식으로 이상하게 군 것은 어쩌면 그것 때문인지도 모르겠어요. 그러니까……."

잠깐의 침묵이 있었다. 그러고는 그녀는 몇 번 고개를 좌우로 흔들었다. 천천히, 하지만 강하게.

"나도 잘 모르겠네요."

조율사는 잠시 그녀의 침묵의 깊이를 가늠해보았다. 귀를 기울여 그 침묵 속에서 미묘한 소리의 울림을 들어내려고 했다.

"화요일 오전 중이라면 나는 대개는 이곳에 와 있을 겁니다." 그는 말했다. "별다른 재주는 없지만 대화 상대쯤이라면 할 수 있을 것 같아요. 만일 나 같은 사람이라도 괜찮으시다면."

"아무에게도 말하지 않았어요. 남편에게도."

그는 사이드브레이크 위에 놓인 그녀의 손에 자신의 손을 얹었다.

"너무 무서워요." 그녀가 말했다. "때때로 아무 생각도 나질 않아요."

옆의 주차공간에 파란 미니밴이 들어오고, 부루퉁한 얼굴의 중년 부부가 차에서 내렸다. 대화하는 소리가 들려왔다. 두 사람은 뭔가로 서로 비난하며 다투는 것 같았다. 별것도 아닌 뭔가로. 그들이 가버리자 다시 주위에 침묵이 돌아왔다. 그녀는 눈을 감고 있었다.

"나는 잘난 소리를 할 만한 처지가 아니지만." 그는 말했다. "하지만 어떻게 해야 할지 알 수 없을 때, 항상 한 가지 룰을 기준으로 삼고 있어요."

"룰?"

"형태가 있는 것과 형태가 없는 것, 둘 중 하나를 선택해야만 한다면 형태가 없는 것을 택하라. 그것이 나의 룰이에요. 벽에 부딪

혔을 때는 항상 그 룰에 따라 행동했고, 긴 안목으로 보면 그게 좋은 결과를 낳았던 것 같아요. 그 당시에는 몹시 힘들었어도."

"그 룰을 당신 스스로 만들었어요?"

"그렇답니다." 그는 푸조의 계기판을 향해 말했다. "경험에서 우러나온 규칙이죠."

"형태가 있는 것과 형태가 없는 것, 둘 중 하나를 선택해야만 한다면 형태가 없는 것을 택하라." 그녀가 되풀이해서 말했다.

"그렇죠."

그녀는 한바탕 생각에 잠겼다. "그런 말, 지금의 나는 잘 모르겠어요. 무엇이 형태가 있는 것이고 무엇이 형태가 없는 것인지."

"그럴 거예요. 하지만 그건 아마도 어딘가의 시점에서 반드시 선택해야 하는 것이에요."

"당신은 그걸 알 수 있어요?"

그는 조용히 고개를 끄덕였다. "나 같은 베테랑 게이에게는 여러 가지 특별한 능력이 생기게 마련이랍니다."

그녀는 웃었다. "고마워요."

그러고는 다시 긴 침묵이 있었다. 하지만 그 침묵에는 이전만큼 농밀한 숨막힘은 없었다.

"안녕." 그녀는 말했다. "이래저래 정말 고마웠어요. 당신을 만나 이야기할 수 있어서 다행이에요. 용기가 좀 나는 것 같아요."

그는 미소를 지으며 그녀와 악수했다. "잘 지내기를."

그는 거기에 서서 그녀의 파란색 푸조가 멀어져가는 것을 배웅했다. 마지막으로 사이드미러를 향해 손을 흔들었다. 그러고는 자신의 혼다를 세워둔 곳까지 천천히 걸어갔다.

다음 주 화요일은 비가 내렸다. 그녀는 카페에 모습을 드러내지 않았다. 그는 1시까지 그곳에서 묵묵히 책을 읽었고, 그리고 그곳을 나왔다.

조율사는 그날, 스포츠센터에 가지 않았다. 몸을 움직일 기분이 나지 않았기 때문이다. 점심도 먹지 않고 곧장 집으로 돌아왔다. 그리고 아르투르 루빈스타인이 연주하는 쇼팽의 발라드를 들으며 그냥 멍하니 소파에 앉아 있었다. 눈을 감자 푸조를 운전하는 자그마한 체구의 여자 얼굴이 눈앞에 떠오르고 그 머리칼의 감촉이 손끝에 되살아났다. 귓불의 검은 점 모양새가 선명하게 생각났다. 시간이 흐르고 여자의 얼굴이며 푸조의 모습이 사라진 뒤에도 그 점의 모양새만은 또렷이 남았다. 그 작고 검은 점은 눈을 떠도 눈을 감아도 떠올라서 미처 찍지 못한 쉼표처럼 은밀하게, 하지만 쉴 새 없이 그의 마음을 뒤흔들었다.

오후 2시 반이 지났을 무렵, 그는 누나 집에 전화를 해보기로 했다. 누나와 마지막으로 대화를 나눈 뒤로 꽤 오랜 세월이 지났다. 얼마나 되었을까. 십 년? 두 사람 사이는 그 정도로 소원해졌다. 누나의 결혼이야기가 틀어져버렸을 때, 서로 흥분해서 입에 담아서는 안 될 말을 내뱉은 것도 그 이유 중의 하나였다. 누나가 결혼한 사람이 그의 마음에 들지 않았던 것도 이유 중의 하나였다. 그 남자는 오만한 속물인 데다 그의 성적 경향을 마치 불치의 전염병처럼 취급했다. 도저히 어쩔 수 없는 경우를 제외하고, 그 남자의 100미터 이내에는 접근하고 싶지도 않았다.

그는 수화기를 손에 들고 몇 번이나 망설인 끝에 마침내 번호를 마지막까지 눌렀다. 전화벨이 열 번 넘게 울렸고 그가 포기하고— 하지만 반쯤 안도하며— 수화기를 내려놓으려고 할 때, 누나가 전화를 받았다. 그리운 목소리였다. 그라는 것을 알자마자 수화기 너머로 한순간 깊은 침묵이 흘렀다.

"네가 어쩐 일로 전화를?" 누나는 억양 없는 목소리로 말했다.

"글쎄 모르겠네." 그는 솔직하게 말했다. "그냥 전화하는 게 좋을 것 같았어. 누나가 왠지 마음에 걸려서."

다시 침묵이 있었다. 긴 침묵이었다. 아마도 누나는 아직도 내게 화가 나 있는 모양이라고 그는 생각했다.

"딱히 용건이 있는 건 아냐. 잘 지낸다면 그걸로 됐어."

"아, 잠깐." 누나가 말했다. 그 목소리로, 누나가 소리를 내지 않고 수화기 앞에서 울었다는 것을 그는 알았다. "애, 미안하지만 조금만 기다려줄래?"

다시 한바탕 침묵이 이어졌다. 그는 그동안 수화기를 내내 귀에 대고 있었다. 아무 소리도 들리지 않았다. 기척 하나 없었다. 그러고는 누나가 말했다. "오늘, 지금, 시간 있어?"

"응, 시간 있어. 한가해." 그는 말했다.

"지금 내가 그쪽으로 가도 괜찮을까?"

"괜찮아. 역까지 차로 데리러 갈게."

한 시간 뒤, 그는 역 앞에서 누나를 픽업해 자신의 집으로 데려왔다. 십 년 만에 다시 만난 누나와 남동생은 각자 상대가 십 년치의 나이를 몸에 달고 있다는 것을 인정하지 않을 수 없었다. 세월은 그만큼의 몫을 분명하게 챙겨가는 것이다. 그리고 상대의 모습은 자기 자신의 변화를 비추는 거울이기도 했다. 누나는 여전히 마르고 스타일이 좋아서 실제 나이보다 다섯 살은 젊게 보였다. 하지만 뺨이 깎여나간 얼굴선에서 예전과는 다른 고단함 같은 것이 엿보였다. 인상적인 검은 눈동자도 예전의 윤기를 잃었다. 그도 실제 나이보다 젊게 보이지만, 이마가 약간 벗어진 것은 누가 봐도 명백할 터였다. 차 안에서 두 사람은 조심스럽게 형식적인 인사를 주고받았다. 하는 일은 잘 돼? 아이들은 건강하지? 둘 다 아는 지인들의 소식, 부모님의 건강.

집에 들어오자 그는 주방으로 가서 찻물을 불에 올렸다.

"아직도 피아노 치니?" 그녀는 거실에 놓인 업라이트 피아노를 지그시 바라보며 말했다.

"가끔씩 취미로. 쉬운 곡만. 어려운 건 도무지 손가락이 돌아가질 않아."

누나는 피아노 뚜껑을 열고 오랫동안 사용해서 색이 변한 건반에 손가락을 얹었다. "너는 언젠가 틀림없이 콘서트 피아니스트로 이름을 날릴 줄 알았는데."

"음악의 세계는 신동의 무덤이야." 그는 커피원두를 갈면서 말했다. "물론 내게도 그건 매우 유감스러운 일이었어. 피아니스트가 되기를 포기한 거. 당연히 실망이 컸지. 지금까지 쌓아온 모든 것이 헛수고로 끝나는구나 하고. 어딘가로 사라져버리고 싶은 기분도 들었고. 하지만 아무리 생각해도 내 귀가 내 손보다 훨씬 더 뛰어났어. 나보다 실력 있는 녀석들은 꽤 많았지만 나보다 귀가 예리한 녀석은 없었어. 대학 들어가고 얼마 뒤에 그걸 깨달았어. 그래서 이렇게 생각했지. 이류 피아니스트가 되기보다는 일류 조율사가 되는 게 나 자신을 위해서 좋겠다."

그는 냉장고에서 커피용 크림을 꺼내 작은 도기 피처에 옮겨담았다.

"희한한 얘기지만, 조율을 전문으로 공부한 뒤부터 오히려 피아노 치는 게 즐거워졌어. 어렸을 때부터 죽을 둥 살 둥 피아노를

쳤잖아. 연습을 거듭해서 실력이 느는 것도 나름대로 재미는 있었
어. 하지만 피아노 치는 게 **즐겁다**고 생각한 적은 한 번도 없었던
것 같아. 나는 오로지 문제점을 극복할 목적으로 피아노를 치고
있었어. 건반을 잘못 짚지 않도록, 손가락이 꼬이지 않도록, 사람
들을 감동시키도록. 하지만 피아니스트가 되는 것을 포기한 다음
부터는 음악을 연주하는 기쁨이라는 게 겨우 이해가 되더라고. 음
악이라는 게 이렇게 멋진 것이구나, 그제야 실감했어. 마치 어깨
에서 무거운 짐을 내려놓은 것처럼 홀가분했지. 짊어지고 있는 동
안에는 그런 걸 짊어졌다는 것도 깨닫지 못했지만."

"그런 이야기, 넌 나한테 한 번도 한 적이 없어."

"내가 얘기 안 했던가?"

누나는 말없이 고개를 저었다.

그럴지도 모른다, 라고 그는 생각했다. 어쩌면 얘기하지 않았는
지도 모른다. 적어도 이런 식으로는.

"내가 게이라는 것을 알았을 때도, 마찬가지였어." 그는 말을
이었다. "내 안에서 어떻게도 이해되지 않던 몇 가지 의문들이 그
걸로 스르르 풀려버렸어. 아하, 그런 거였구나 하고. 그러면서 마
음이 편안해졌어. 흐릿하던 풍경이 한순간에 환하게 갠 것처럼.
피아니스트가 되는 것도 포기하고, 게이라고 커밍아웃해버린 것
때문에 주위 사람들은 실망했을지도 모르겠어. 하지만 부디 이해

해주었으면 좋겠는데, 그렇게 하면서 나는 가까스로 본래의 나 자신으로 돌아갈 수 있었어. 자연스러운 모습의 나 자신으로."

그는 커피 잔을 소파에 앉은 누나 앞에 내려놓았다. 자신도 머그잔을 들고 그 옆에 자리를 잡았다.

"너를 좀더 이해해줬어야 했는지도 모르겠다." 누나는 말했다. "하지만 그전에, 우리에게 좀더 여러 가지 것에 대해 자세하게 설명해줘도 좋지 않았을까? 가슴을 열고 털어놓는다고 할까, 네가 그때 어떤 생각을 하고 있었는지……."

"설명 같은 건 하고 싶지 않았어." 그는 가로막듯이 말했다. "일일이 설명하지 않아도 좀 이해해줬으면 했던 것 같아. **특히** 누나는."

누나는 말이 없었다.

그가 말했다. "주위 사람들의 기분 같은 거, 그 무렵의 나는 전혀 생각할 수도 없었어. 그런 것까지 생각할 여유는 도저히 없었으니까."

당시의 일을 떠올리자 목소리가 조금 떨렸다. 울고 싶은 기분이었다. 하지만 그는 겨우겨우 그것을 제어했다. 그리고 말을 이었다.

"짧은 기간에 내 인생이 홱 바뀐 거야. 거기서 떨어지지 않으려고 죽을힘을 다해 매달리는 것만으로도 너무 버거웠어. 진짜로 겁이 나고 두려워서 견딜 수 없었어. 그런 때에 남들에게 설명 같은 건 못 해. 이 세계에서 뚝 떨어져나가는 느낌이었으니까. 그래서 그냥 이해해줬으면 했어. 그리고 단단히 끌어안아줬으면 했어. 이론이니 설명이니, 그런 건 다 빼버리고. 하지만 어느 누구도……."

누나는 두 손으로 얼굴을 가렸다. 그리고 어깨를 떨며 소리 없이 울기 시작했다. 그는 누나의 어깨에 가만히 손을 얹었다.

"미안해." 누나가 말했다.

"아니야." 그는 말했다. 그리고 커피에 크림을 넣고 스푼으로 저은 다음 마음을 가라앉히며 천천히 마셨다. "눈물 흘릴 일 아니야. 나도 그리 잘한 건 없으니까."

"얘, 어떻게 오늘 전화를 했어?" 누나는 고개를 들고 그의 얼굴을 빤히 바라보며 말했다.

"오늘?"

"십 년 넘게 연락도 없더니, 왜 하필 오늘……이야?"

"뭔가 작은 일이 좀 있었어. 그래서 누나가 생각났지. 어떻게 지내고 있나 하고. 목소리도 듣고 싶었고. 그냥 그뿐이야."

"누구한테 **무슨 얘기**를 들은 건 아니고?"

누나의 그 물음에는 특별한 뜻이 담겨 있었고 그것이 그를 긴장시켰다. "아니, 누구한테 어떤 말도 들은 적 없어. 누나, 무슨 일 있었어?"

누나는 감정을 추스르듯이 잠시 아무 말이 없었다. 그는 누나가 다시 입을 열 때까지 지그시 기다렸다.

"실은 나, 내일 입원하기로 했어." 누나가 말했다.

"입원?"

"모레, 유방암 수술을 받을 예정이야. 오른쪽을 절제할 거야. 푹 파내는 거. 하지만 그걸로 암이 진행을 정말로 멈춰줄지, 그건 아무도 모르지. 일단 **떼어내지 않고서는** 알지 못한대."

그는 한참동안 입을 열 수 없었다. 누나의 어깨에 손을 얹은 채, 방 안에 있는 온갖 물건들을 별 의미도 없이 차례차례 바라보았다. 시계며 장식품이며 달력, 오디오의 리모컨. 눈에 익은 집 안의 물건들인데도 그 물건과 물건 사이의 거리감을 도무지 파악할 수 없었다.

"네게 연락할까 말까, 내내 망설였어." 누나는 말했다. "하지만 안 하는 게 나을 것 같아서 그냥 아무 말 안하고 있었어. 너, 정말 보고 싶었어. 한번 찬찬히 얘기해야 할 텐데, 나도 늘 생각했어. 사과해야 할 일도 있고. 하지만…… 이런 식으로 만나고 싶지는 않았는데. 내 말, 이해하겠니?"

"이해해." 남동생은 말했다.

"만나더라도 기왕이면 좀더 환한 분위기에서, 좀더 긍정적인 기분으로 만나고 싶었어. 그래서 연락하지 말자고 마음먹었어. 근데 딱 그런 때에 네가 전화를 해줘서…….”

그는 아무 말 없이 두 팔로 누나를 힘껏 끌어안았다. 두 개의 젖가슴의 형태를 자신의 가슴으로 느꼈다. 누나는 그의 어깨에 얼굴을 얹고 울었다. 누나와 남동생은 한참동안 그대로 있었다.

이윽고 누나가 물었다. “아까 뭔가 작은 일이 있어서 내가 생각났다고 했지? 대체 무슨 일이야? 괜찮다면 말해줄래?”

“뭐라고 해야 할까. 한마디로는 설명이 안 돼. 아무튼 작은 일이야. 우연이 몇 가지 겹쳤어. 몇 가지 우연이 겹쳐서, 그래서 내가…….”

그는 고개를 저었다. 거리감이 아직도 되돌아오지 않았다. 리모컨과 장식품 사이는 몇 광년이나 거리가 있었다.

“아, 어떻게도 설명을 못 하겠네.” 그는 말했다.

“그래, 됐어. 괜찮아.” 누나가 말했다. “아무튼 다행이다. 정말 다행이야.”

그는 누나의 오른쪽 귓불에 손을 내밀어 손끝으로 점을 가만가만 문질렀다. 그리고 소중한 장소에 무언의 속삭임을 보내듯이 그 귀에 조용히 키스했다.

“누나는 수술로 오른쪽 유방을 절제했지만 다행히 암이 전이되지 않아서 화학 요법도 비교적 가볍게 끝났어요. 머리칼이 빠지거나 하는 일도 없었죠. 이제는 완전히 건강을 회복했어요. 병원에는 매일같이 문병을 갔죠. 그렇잖아요, 여자에게 유방 한쪽을 잃는다는 건 엄청나게 힘든 일이니까요. 퇴원한 뒤에도 누나 집에 자주 놀러가게 됐죠. 조카들과도 진짜 친해졌습니다. 여자 조카애에게는 피아노도 가르치고 있어요. 내 입으로 이런 말은 좀 그렇지만, 상당히 소질이 있어요. 매형도 실제로 만나보니까 생각했던만큼 나쁜 사람은 아니었습니다. 물론 오만한 면이 없지 않고 약간 속물이기도 하지만, 열심히 일한다는 건 분명하고 무엇보다 누나를 소중하게 아끼거든요. 게다가 게이라는 게 전염되는 것도 아니고 아이들에게 옮는 것도 아니라는 걸 마침내 이해해줬어요. 네, 그건 작지만 위대한 한 걸음이죠."

그는 그렇게 말하며 웃었다.

"누나와 화해한 것으로 내 인생이 한 발 앞으로 나아간 것 같아요. 이전에 비해 좀더 자연스럽게 살 수 있게 되었다고 할까……. 그건 아마도 내가 정면으로 마주하지 않으면 안 되는 일이었던 거예요. 마음속 깊은 곳에서 오랫동안 누나와 화해하고 끌어안기를 원했던 것 같아요."

"하지만 그러기 위한 계기가 필요했었다는?" 나는 물었다.

"네, 그렇죠." 그는 말했다. 그리고 몇 번 고개를 끄덕였다. "계기가 **무엇보다** 중요했어요. 나는 그때 문득 이렇게 생각했습니다. 우연의 일치라는 건 어쩌면 매우 흔한 현상이 아닐까라고요. 즉

42

그런 류의 일들은 우리 주위에서 그야말로 일상적으로 일어나는 거예요. 하지만 그 대부분은 우리 눈에 띄는 일도 없이 그대로 흘러가버리죠. 마치 한낮에 쏘아올린 불꽃처럼 희미하게 소리는 나지만 하늘을 올려다봐도 아무것도 보이지 않아요. 하지만 우리가 간절히 원하는 마음이 있다면 그건 분명 우리 시야에 일종의 메시지로서 스르륵 떠오르는 거예요. 그 도형을, 그 담겨진 뜻을 선명하게 읽어낼 수 있게. 그리고 우리는 그런 걸 목도하고는, 아아, 이런 일도 일어나는구나, 참 신기하네, 라고 화들짝 놀라죠. 사실은 전혀 신기한 일도 아닌데. 나는 자꾸 그런 마음이 들어요. 어떻습니까, 내 생각이 지나치게 억지스러운가요?"

그가 말한 것에 대해 나는 생각해보았다. 그래요, 그럴지도 모르겠군요, 라고 대답할 수는 있었다. 하지만 그렇게 간단히 결론을 내릴 수 있는지 어떤지, 뭔가 약간 자신이 없었다.

"나로서는 어느 쪽인가 하면 좀더 심플하게 '재즈의 신' 설을 계속 신봉하고 싶은데요?" 나는 말했다.

그는 웃었다. "네, 그것도 나쁘지 않아요. '게이의 신'이라는 것도 있으면 좋겠어요."

서점 카페에서 그가 만난 자그마한 체구의 여자가 그뒤에 어떤 운명을 더듬어 나아갔는지 나는 알지 못한다. 벌써 반년 넘게 우리 집 피아노를 조율하지 않아서 그와 만나 이야기할 기회가 없었기 때문이다. 그는 아마 요즘에도 화요일이면 다마가와를 건너 그 서점 카페에 드나들 것이고, 언젠가 그녀와 덜컥 마주쳤을지도 모른다. 하지만 그 이야기는 아직 듣지 못했다. 그러므로 이 이야기는 지금으로서는 여기서 끝이다.

 재즈의 신인지 게이의 신인지—혹은 다른 어떤 신이어도 상관없지만—, 어딘가에서 자상하시게도, 마치 우연인 척하며, 그 여자를 지켜주고 계시기를 나는 진심으로 바라고 있다. 매우 심플하게.

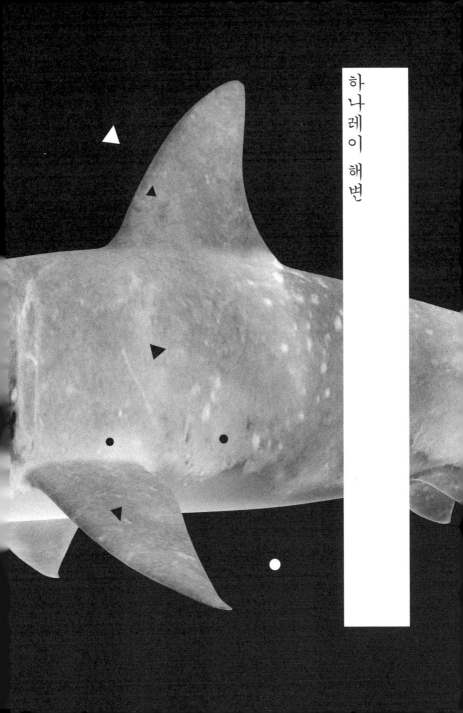

하
나
레
이

해
변

사치의 아들은 열아홉 살 때 하나레이 해변에서 커다란 상어의 습격을 받고 죽었다. 정확히 말하자면 상어에게 물려서 죽은 것은 아니다. 혼자 먼 바다로 나가 서핑을 하다가 상어에게 오른쪽 다리를 물어뜯겼고 그 충격으로 물에 빠져 죽은 것이다. 그래서 정식 사망원인은 익사로 나와 있다. 서프보드도 거의 두 동강이 나게 물어뜯겼다. 상어가 사람을 즐겨 잡아먹는 것은 아니다. 인간의 살덩어리가 내는 맛은 어느 쪽인가 하면 상어의 기호에는 맞지 않았다. 한 입 베어 먹었다가도 대개는 실망해서 그냥 가버린다. 그래서 상어에게 습격을 받더라도 패닉 상태에만 빠지지 않으면 한쪽 팔이나 다리를 잃을 뿐, 살아 돌아오는 경우가 많다. 다만 그녀의 아들은 너무나 놀랐고 그래서 아마 심장발작 같은 것을 일으켜 대량의 바닷물을 마시고 익사했을 것이다.

사치는 호놀룰루의 일본 영사관으로부터 그 소식을 듣고 그만 자리에 털썩 주저앉아버렸다. 머릿속이 텅 비어 아무 생각도 할 수 없었다. 그저 그곳에 주저앉아 눈앞에 있는 벽의 한 점을 보고 있었다. 얼마나 오랫동안 그렇게 하고 있었는지, 그녀도 알지 못한다. 하지만 가까스로 정신을 수습하고 항공사 전화번호를 찾아 호놀룰루행 비행기를 예약했다. 영사관에서 알려준 대로 아무튼 한시라도 빨리 현지에 가서 그게 정말로 자신의 아들인지 확인하지 않으면 안 된다. 어쩌면 사람을 착각한 것인지도 모른다.

하지만 하필 연휴기간이었던 탓에 당일과 그다음 날의 호놀룰루 항공편은 빈자리가 하나도 없었다. 어떤 항공사도 상황은 마찬가지였다. 하지만 사정을 얘기하자 유나이티드 항공사의 담당자가 "일단 지금 서둘러 공항으로 나오십시오. 어떻게든 좌석을 만들어봅시다"라고 말해주었다. 간단히 짐을 챙겨 나리타공항으로 달려가자 여성 담당자가 기다리고 있다가 비즈니스클래스 티켓을 그녀에게 내주었다.

"현재 빈 좌석은 이것밖에 없어요. 하지만 이코노미클래스 요금만 내셔도 돼요." 그녀는 말했다. "참으로 힘드시겠지만, 부디 기운내세요."

고맙습니다, 정말 큰 도움을 받았습니다, 라고 사치는 감사 인사를 했다.

호놀룰루 공항에 도착했을 때, 사치는 너무도 황망하게 달려오는 바람에 영사관 직원에게 도착 시각 알려주는 걸 깜빡했다는 사실을 깨달았다. 호놀룰루의 일본 영사관 직원이 그녀를 데리고 카우아이 섬에 가기로 했던 것이다. 하지만 이제야 연락해서 약속을 잡는 것도 너무 번거로워서 그길로 자기 혼자 카우아이에 가기로 했다. 현지에 가면 어떻게든 될 것이다. 비행기를 갈아타며 카우아이 섬에 도착한 것은 점심 전이었다. 그녀는 공항 에이비스에서 렌터카를 빌려 우선 가까운 경찰서로 갔다. 그리고 아들이 하나레

이 해변에서 상어의 습격을 받아 죽었다는 소식을 듣고 도쿄에서
찾아왔노라고 말했다. 안경을 쓴 반백의 경관이 냉장창고 같은 시
신안치소에 그녀를 데리고 갔다. 그리고 한쪽 다리를 뜯어먹힌 아
들의 사체를 보여주었다. 오른쪽 다리가 무릎 조금 위쪽까지 사라
지고 없었다. 단면에는 허연 뼈가 애처롭게 드러나 있었다. 그것
은 의심할 여지없이 그녀의 아들이었다. 얼굴에는 표정이랄 만한
게 없어서 그저 별일 없이 푹 잠든 것처럼 보였다. 죽은 사람이라
는 생각은 도저히 들지 않았다. 아마 누군가 표정을 가다듬어준
것이리라. 어깨를 잡고 흔들면 투덜거리면서 부스스 일어날 것 같
았다. 예전에 매일 아침 그랬던 것처럼.

　사무실로 나와서 그 사체가 자신의 아들이라는 것을 확인하는
서류에 사인했다. 아드님의 시신을 어떻게 하실 예정입니까, 라고
경관이 물었다. 잘 모르겠다, 라고 그녀는 말했다— 이런 경우,
대개는 어떻게들 하는가요? 화장해서 재를 들고 가시는 것이 이
런 경우의 가장 일반적인 방법입니다, 라고 경관은 말했다. 사체
를 그대로 일본까지 운구하실 수도 있지만, 그건 수속도 번거롭고
비용도 많이 듭니다. 혹은 카우아이의 묘지에 매장하는 것도 가능
합니다. 경관은 그렇게 설명했다.

　화장해주세요. 유골을 도쿄에 갖고 가겠습니다, 라고 사치는 말
했다. 아들은 이미 죽어버렸다. 어떻게 해도 살아 돌아올 가망은

없다. 재든 뼈든 사체든 무슨 차이가 있을까. 그녀는 화장 허가 신청서에 사인한 다음, 비용을 지불했다.

"아메리칸 익스프레스밖에 없는데요." 사치는 말했다.

"아메리칸 익스프레스도 괜찮습니다." 경관은 말했다.

내가 아메리칸 익스프레스로 아들의 화장 비용을 지불하는구나, 라고 사치는 생각했다. 그것은 그녀에게는 무척 비현실적인 일로 생각되었다. 아들이 상어의 습격을 받아 죽었다는 것과 똑같은 만큼 현실감이 빠져 있었다. 화장은 다음 날 오전 중에 치러진다고 했다.

"부인은 영어를 잘하시는군요." 담당 경관은 서류를 정리하며 말했다. 사카타라는 이름의 일본계 경관이었다.

"젊은 시절에 한동안 미국에서 살았어요." 사치는 말했다.

"아, 그렇군요." 경관은 말했다. 그러고는 아들의 짐을 내주었다. 의류, 여권, 귀국용 비행기 티켓, 지갑, 워크맨, 잡지, 선글라스, 화장품 가방. 모두 작은 보스턴백에 담겨 있었다. 사치는 그런 자질구레한 물품을 목록으로 만든 인수증에도 사인해야만 했다.

"다른 자녀분이 있으십니까?" 경관이 물었다.

"아뇨, 아들 하나뿐이에요." 사치는 대답했다.

"남편분은 함께 오시지 않았나요?"

"남편은 꽤 오래전에 세상을 떠났어요."

경관은 깊은 한숨을 쉬었다. "삼가 조의를 표합니다. 저희가 도와드릴 일이 있다면 말씀해주십시오."

"아들이 죽은 장소를 알려주세요. 머물던 곳도. 숙박비를 내야 할 것 같아서요. 그리고 호놀룰루의 일본 영사관에 연락하고 싶은데 전화를 좀 빌릴 수 있을까요?"

경관은 지도를 가져와 아들이 서핑하던 장소와 숙박한 호텔의 위치에 마커로 표시해주었다. 그녀는 경관이 추천해준 시내의 자그마한 호텔에서 묵기로 했다.

"제가 한 가지, 부인에게 개인적인 부탁이 있어요." 사카타라는 초로의 경관은 헤어지는 참에 사치에게 말했다. "이곳 카우아이 섬에서는 이따금 자연이 사람의 목숨을 앗아갑니다. 보시는 바와 같이 이곳의 자연은 참으로 아름답지만 동시에 때때로 거칠고 치명적인 것이 되기도 하지요. 우리는 그런 가능성과 함께 여기서 살아갑니다. 아드님의 일은 참으로 유감입니다. 진심으로 위로의 말씀을 드립니다. 하지만 부디 이번 일로 우리 섬을 원망하거나 증오하지 말아주셨으면 합니다. 부인 입장에서는 주제넘은 말로 들릴지도 모르겠습니다. 하지만 그것이 제가 드리는 부탁이에요."

사치는 고개를 끄덕였다.

"우리 외삼촌은 1944년에 유럽에서 전사했습니다. 독일과 인접

한 프랑스 국경 근처였어요. 일본계 미국인으로 구성된 부대의 일원으로 나치에 포위된 텍사스 부대를 구출하러 갔다가 독일군의 직격탄에 맞아 사망했죠. 뒤에 남은 것은 인식표와 조각난 살덩어리밖에 없었습니다. 그런 것이 눈 속에 여기저기 흩어져 있었다는군요. 어머니는 오빠를 깊이 사랑했기 때문에 그 이후로 사람이 확 변해버렸습니다. 나는 물론 변해버린 어머니의 모습밖에 알지 못합니다. 그건 매우 가슴 아픈 일이지요."

경관은 그렇게 말하고 고개를 저었다.

"대의가 어떻건 전쟁에서의 죽음은 양측이 각각 갖고 있는 분노나 증오에 의해 초래되는 것입니다. 하지만 자연은 그렇지 않아요. 자연에 내 편 네 편 따위는 없습니다. 부인께는 참으로 고통스러운 일이겠지만, 가능하다면 그렇게 생각해주세요. 아드님은 대의나 분노나 증오 따위와는 상관없이 자연의 순환 속으로 돌아간 것이라고."

다음 날, 화장을 마치고 작은 알루미늄 유골 항아리를 받아든 그녀는 차를 운전해 노스쇼어 안쪽에 자리한 하나레이 해변까지 갔다. 경찰서가 있었던 리후에 시내에서 그곳까지는 한 시간 정도 걸렸다. 몇 년 전에 들이닥친 거대한 태풍 탓에 섬의 수목은 대부분 크게 변형될 만큼 타격을 입었다. 지붕이 날아가버린 목조가옥

의 흔적도 군데군데 눈에 들어왔다. 산의 형태가 변해버린 곳도
있었다. 자연이 혹독한 땅인 것이다.

　반쯤 졸음에 빠진 듯한 조그만 하나레이 마을을 지나 조금 더
들어간 곳에 아들이 상어의 습격을 받은 서프 포인트가 있었다.
그녀는 인근 주차장에 차를 세우고 모래사장에 앉아 다섯 명 남짓
한 서퍼가 파도 타는 모습을 바라보았다. 그들은 보드를 붙잡고
먼 바다에 둥둥 떠 있었다. 힘찬 파도가 밀려오면 그것을 타고 도
움닫기로 보드 위에 올라서서 물결을 타고 해안 가까이까지 온다.
그리고 파도가 힘을 잃으면 그들도 균형을 잃고 물속에 빠진다.
그러고는 보드를 찾아들고 패들링으로 파도를 누비며 다시 먼 바
다로 돌아간다. 그것의 반복이었다. 사치는 아무래도 이해가 되지
않았다. 저 사람들은 상어가 무섭지도 않은가. 아니면 내 아들이
며칠 전에 이 자리에서 상어 때문에 죽었다는 얘기를 듣지 못한
것일까.

　사치는 모래사장에 앉아 그런 광경을 한 시간쯤 무심히 바라보
았다. 윤곽이 잡히는 생각은 하나도 할 수 없었다. 무게를 지닌 과
거는 어디론가 어이없이 사라져버렸고 미래는 아득히 머나먼 어
둠침침한 곳에 있었다. 과거도 미래도 지금의 그녀와는 거의 아무
런 관계도 없었다. 그녀는 시시각각 이행하는 현재라는 시간 속에
주저앉아 파도와 서퍼들이 만들어내는 단조로운 반복의 풍경을

그저 기계적으로 눈으로 따라잡고 있었다. 지금 내게 가장 필요한 것은 시간이구나. 그녀는 어느 시점에 문득 그렇게 생각했다.

그녀는 아들이 묵었던 호텔에 찾아갔다. 서퍼들이 머물다 가는 작고 지저분한 호텔, 손질하지 않은 정원이 있고, 장발에 반 벌거 숭이의 젊은 백인 둘이 캔버스의자에 앉아 맥주를 마시고 있었다. 롤링록 초록색 술병이 발밑의 잡초 속에 몇 개나 나뒹굴고 있었 다. 한 사람은 금발이고 한 사람은 흑발이었지만 그것만 빼면 둘 다 생김새도 비슷하고 키며 몸집도 거기서 거기였다. 똑같이 양쪽 팔뚝에 요란한 문신을 했다. 마리화나 냄새도 희미하게 났다. 거 기에 개똥 냄새가 섞였다. 사치가 다가가자 그들은 경계의 눈빛으 로 그녀를 쳐다보았다.

"이 호텔에 묵었던 내 아들이 사흘 전에 상어의 습격을 받아 죽 었는데." 사치는 말했다.

두 사람은 서로를 마주 보았다. "그거, 데카시 얘기?"

"그래, 데카시." 사치는 말했다.

"아, 쿨한 녀석이었는데." 금발 쪽이 말했다. "참 안됐어."

"그날 아침, 으응, 그러니까 그게, 거북이가 해변으로 아주 많 이 올라왔어." 흑발이 축 늘어진 목소리로 설명했다. "그 거북이 들을 쫓아서 상어가 왔어. 아, 평소에는 그 녀석들, 서퍼를 공격하 지 않아. 우리, 상어하고 꽤 사이좋게 지내. 근데…… 으응, 뭐랄까, 상어도 별별 놈이 다 있으니까."

호텔 숙박비를 내러 왔노라고 그녀는 말했다. 분명 미지불금이 있을 것 같아서.

금발이 얼굴을 찌푸리며 맥주병을 허공에 대고 흔들었다. "이봐요, 아줌마, 진짜 뭘 모르시네. 이곳은 선불 아니면 손님을 받지 않는 곳이야. 어쨌든 가난뱅이 서퍼를 상대로 장사하는 싸구려 호텔이잖아. 미지불금이라는 건 있을 수 없어."

"아줌마, 으응, 데카시의 서프보드 가져갈 거야?" 흑발이 말했다. "상어란 놈이 씹어먹어서 너덜너덜…… 반으로 쪼개지긴 했지만. 딕 브루어 중고품. 경찰이 가져가지 않았으니까, 으응, 아직 저기 어딘가에 있을 거 같은데."

사치는 고개를 저었다. 그런 건 보고 싶지도 않았다.

"참 안됐어." 금발이 다시 똑같은 소리를 했다. 다른 인사말은 생각나지 않는 모양이다.

"쿨한 녀석이었어." 흑발이 말했다. "오케이였어. 서핑 실력도 꽤 좋았어. 으응, 그렇지, 바로 전날 저녁에도 함께…… 여기서 데킬라를 마셨어. 으응."

사치는 결국 일주일 동안, 하나레이 마을에 머물렀다. 그나마 가장 변변해 보이는 코티지를 빌려 거기서 간단히 밥을 해먹으며 지냈다. 그녀는 일본에 돌아가기 전에 어떻게든 자신을 되찾지 않으면 안 되었다. 비닐의자와 선글라스와 모자와 선크림을 샀고, 날마다 모래사장에 나가 앉아서 서퍼들의 모습을 바라보았다. 하루에 몇 번이나 비가 내렸다. 그것도 대야를 뒤엎은 것처럼 세찬 비였다. 가을철 카우아이의 노스쇼어는 날씨가 불안정한 것이다. 비가 내리면 차 안에 들어가 비를 바라보았다. 비가 그치면 다시 해변에 나가 바다를 바라보았다.

그뒤로 해마다 이맘때쯤이면 사치는 하나레이 마을을 찾았다. 아들의 기일이 되기 조금 전에 와서 삼 주일쯤 머물렀다. 도착하는 대로 날마다 비닐의자를 들고 해변에 나가 서퍼들의 모습을 바라보았다. 그밖에는 딱히 아무것도 하지 않았다. 온종일 하염없이 앉아 있을 뿐. 그것이 벌써 십 년 넘게 이어졌다. 같은 코티지의 같은 방에 숙박하고, 같은 레스토랑에서 혼자 책을 읽으며 식사를 했다. 해마다 판에 박은 듯이 그렇게 하다 보니 친하게 이야기하는 사람도 몇 명 생겼다. 작은 마을이라서 이제는 많은 사람들이 사치의 얼굴을 기억하고 있었다. 이 마을에서 그녀는 '상어에게 아들을 잃은 일본인 맘'으로 알려져 있다.

그날은 상태가 좋지 않은 렌터카를 바꿔달라고 하려고 리후에 공항까지 나갔다. 돌아오는 길에 카파아라는 마을에서 히치하이크를 하는 일본인 젊은이 두 명을 발견했다. 그들은 큼직한 스포츠백을 어깨에 메고, '오노 패밀리레스토랑' 앞에 서서 어딘지 맹한 꼬락서니로 차를 향해 엄지손가락을 치켜들었다. 한 명은 큰 키에 호리호리하고, 또 한 명은 땅딸막했다. 둘 다 염색한 머리를 어깨까지 길게 길렀고, 후줄근한 티셔츠에 축 늘어진 반바지, 그리고 샌들을 신고 있었다. 사치는 그냥 지나갔지만 잠시 달리다가 마음을 바꿔 다시 돌아갔다.

"어디까지 가니?" 그녀는 창을 열고 일본어로 물었다.

"어, 일본말 할 줄 아시네?" 키가 큰 쪽이 말했다.

"그야 물론이지, 일본 사람인데." 사치는 말했다. "어디까지 가?"

"하나레이라는 곳인데요." 키가 큰 쪽이 말했다.

"타고 갈래? 마침 거기로 가던 중이니까." 사치는 말했다.

"와아, 다행이다. 고맙습니다." 땅딸막한 쪽이 말했다.

그들은 짐을 트렁크에 넣고, 그러고는 닷지네온의 뒷좌석에 둘이 나란히 앉으려고 했다.

"얘들아, 둘 다 뒤에 앉으시면 곤란하지." 사치는 말했다. "택시도 아니고, 한 명은 앞으로 와줄래? 그게 예의야."

결국 키 큰 쪽이 쭈뼛쭈뼛 조수석으로 와서 앉았다.

"이거, 무슨 차예요?" 키다리가 긴 다리를 힘겹게 접어넣으며 물었다.

"닷지네온이야. 크라이슬러 차." 사치는 말했다.

"와아, 미국에도 이런 갑갑한 차가 있네요. 우리 누나가 코롤라를 타는데 그게 오히려 더 넓어요."

"미국인이 다 큼직한 캐딜락을 타고 다니는 건 아니야."

"그래도 이건 너무 작아요."

"마음에 안 들면 여기서 내려도 돼." 사치는 말했다.

"아이, 그런 뜻으로 한 말은 아니에요. 미치겠네. 그냥 좀 비좁아서 놀랐다는 얘기죠. 미국 차는 죄다 엄청나게 큰 줄만 알았거든요."

"그나저나 하나레이에는 뭘 하러 가는데?" 사치는 차를 운전하면서 물었다.

"일단 서핑을 하러 가긴 해요." 키다리가 말했다.

"보드는?"

"현지에서 조달할 예정이에요." 땅딸이가 말했다.

"일본에서부터 들고 오기는 좀 귀찮고, 현지에서 중고로 싸게 살 수 있다고 들었거든요." 키다리가 말했다.

"저기, 아줌마도 여기로 여행 오셨어요?" 땅딸이가 말했다.

"그래."

"혼자?"

"그렇다니까." 사치는 냉큼 말했다.

"혹시 전설의 서퍼라든가, 그런 건 아니죠?"

"얘, 말이 되는 소리를 해라." 사치는 어이없어하며 말했다. "근데 너희, 하나레이에서 잘 곳은 정했어?"

"아뇨, 거기 가보면 어떻게든 되겠죠, 뭐." 키다리가 말했다.

"정 안 되면 모래사장에서 노숙이라도 해야죠." 땅딸이가 말했다. "우리가 돈이 간당간당하거든요."

사치는 고개를 저었다. "이 계절의 노스쇼어는 밤이면 엄청나게 써늘해서 집 안에서도 스웨터가 필요할 정도야. 노숙했다가는 아마 몸이 팍삭 망가질걸?"

"엇, 하와이는 원래 사시사철 더운 데 아니에요?" 키다리가 물었다.

"하와이는 틀림없는 북반구고 사계절도 분명하게 있거든? 여름은 덥고 겨울은 나름대로 추운 곳이야." 사치는 말했다.

"그럼 어딘가 지붕 있는 데서 자야겠네." 땅딸이가 말했다.

"아줌마, 어디 잠잘 만한 데, 소개해주실 수 있어요?" 키다리가 말했다. "우리, 영어가 거의 안 돼요."

"하와이는 어디서나 일본어가 통한다고 들었는데 막상 와보니까 전혀 안 통하더라고요." 땅딸이가 말했다.

"그야 당연하지." 사치는 어이가 없어서 말했다. "일본어가 통

하는 건 오아후 섬, 그것도 와이키키 일부 지역뿐이야. 일본인이
몰려와 루이비통이니 샤넬이니 고가품을 척척 사주니까 거기서
일본말 할 줄 아는 점원을 일부러 데려다놓았지. 하얏트 호텔이나
쉐라톤 호텔 같은 데. 그런 데서 한 걸음만 나서면 그다음은 영어
외에는 전혀 통하지 않아. 어쨌든 여긴 미국이잖아. 그런 것도 모
르고 카우아이까지 왔어?"

"그런 거, 우린 모르죠. 엄마가 하와이는 어디서나 일본어가 통
한다고 했는데."

"진짜 못 말리겠네." 사치는 말했다.

"아무튼 가장 싼 호텔이면 좋겠어요." 땅딸이가 말했다. "우리,
진짜로 돈이 간당간당해요."

"하나레이에서 가장 싼 호텔은 초보자는 가지 않으시는 게 좋
을 거야." 사치는 말했다. "좀 위험하거든."

"어떻게 위험한데요?" 키다리가 물었다.

"주로 마약이야." 사치는 말했다. "서퍼 중에는 질 나쁜 놈도 많
아. 그나마 마리화나라면 괜찮지만 아이스 같은 게 나오면 진짜
큰일 난다."

"아이스가 뭔데요?"

"처음 듣는 거네?" 키다리가 말했다.

"너희처럼 아무것도 모르는 멍청한 애들이 그자들에게는 딱 좋

은 먹잇감이야." 사치는 말했다. "아이스라는 건 하와이에 쫙 퍼져 있는 엄청나게 센 마약인데, 나도 자세한 건 모르겠고, 아무튼 각성제의 결정체 같은 거야. 값싸고 금세 **뿅** 가버리는데, 일단 **빠**졌다 하면 그다음은 죽음밖에 없어."

"히야, 무섭네." 키다리가 말했다.

"저어, 마리화나 같은 건 해도 괜찮아요?" 땅딸이가 말했다.

"괜찮은지 어떤지는 모르겠지만, 마리화나로 사람이 죽지는 않아." 사치는 말했다. "담배를 피우면 확실하게 서서히 죽어가지만 마리화나로는 웬만해서 죽지 않아. 그냥 바보가 될 뿐이지. 뭐, 너희는 지금 상태하고 별로 달라질 것도 없겠네."

"우와, 그런 심한 말씀을." 땅딸이가 말했다.

"아줌마, 혹시 단카이전쟁 직후에 태어난 베이비붐 세대? 세대?" 키다리가 말했다.

"뭐냐, 단카이가?"

"단카이 세대요."

"나는 어떤 세대도 아니야. 나는 그냥 나로 살아갈 뿐이야. 쉽게 한 두름으로 엮지 말아줬으면 해."

"거봐요, 그런 말씀하시는 거, 역시 단카이죠." 땅딸이가 말했다. "금세 불끈하시는 게 우리 엄마하고 똑같으신데요."

"한마디 하겠는데, 시원찮은 네 어머님하고 함께 엮이고 싶지 않다니까." 사치는 말했다. "아무튼 하나레이에서는 최대한 괜찮

은 호텔에 가는 게 좋아. 그러는 게 너희 신상에 좋단 얘기야. 살
인사건도 전혀 없는 건 아니니까.”

“평화로운 파라다이스라더니만, 아니네.” 땅딸이가 말했다.

“그래, 이제 더는 엘비스의 시대가 아니야.” 사치는 말했다.

“잘은 모르겠지만, 엘비스 코스텔로라면 이제 나이가 꽤 많은
아저씨죠.” 키다리가 말했다.

사치는 그로부터 한참동안 아무 말 없이 운전만 했다.

사치는 자신이 묵고 있는 코티지의 매니저에게 말해서 두 사람
을 위한 방을 구해주었다. 그녀가 소개한 덕에 위클리 요금을 꽤
많이 깎아주었다. 하지만 그래도 두 사람이 예상했던 금액과는 맞
지 않았다.

“안 되는데. 우린 돈이 그렇게 많지 않아요.” 키다리가 말했다.

“닥닥 긁어서 겨우겨우 왔거든요.” 땅딸이가 말했다.

“그래도 비상금이란 게 있잖아.” 사치는 말했다.

키다리가 난처한 듯이 귓불을 긁적였다. “네, 다이너스클럽 패
밀리카드가 있긴 한데요. 이건 비상시에만 쓰라고 아빠가 몇 번이
나 당부했어요. 쓰기 시작하면 한이 없다고. 비상시도 아닌데 썼
다가는 일본에 돌아가서 엄청나게 혼나요.”

“이런 멍청이.” 사치는 말했다. “지금이 바로 비상시야. 목숨이

아깝거든 냉큼 그 카드로 호텔비 내도록 해. 한밤중에 경찰 단속에 걸려서 유치장에 처박혀 스모선수처럼 덩치 큰 하와이 남자에게 성폭행당하고 싶진 않지? 아, 성적 취향이 그쪽이라면 물론 얘기가 달라지지만, 그래도 꽤 아플걸?"

키다리는 즉각 지갑 안쪽에서 다이너스클럽 패밀리카드를 꺼내 코티지의 매니저에게 건넸다. 사치는 매니저에게 어딘가 값싼 중고 서프보드를 파는 곳은 없느냐고 물어보았다. 매니저가 가게를 알려주었다. 여기를 떠날 때는 다시 적당한 가격으로 매입해준다, 라는 얘기였다. 두 사람은 호텔방에 짐을 풀자마자 그 가게로 서프보드를 사러 나갔다.

다음 날 아침, 사치가 항상 하던 대로 모래사장에 앉아 바다를 바라보고 있으려니 그 젊은이 둘이 나와서 서핑을 시작했다. 어딘지 맹해 보이던 겉모습에 비해 두 사람의 서핑 실력은 확실했다. 힘찬 파도를 찾아내고 거기에 잽싸게 올라타 능숙하게 보드를 조정하면서 가볍게 해변 가까이까지 타고 나왔다. 그 짓을 몇 시간씩 싫증나는 줄도 모르고 계속하고 있었다. 파도를 탈 때, 그들은 무척 싱그러워 보였다. 눈빛이 환하게 번뜩이고 자신감이 넘쳤다. 약한 구석이라고는 전혀 없었다. 분명 학교 공부는 제쳐두고 파도타기로 세월을 보냈을 것이다. 그녀의 죽어버린 아들이 예전에 그랬던 것처럼.

사치가 피아노를 치기 시작한 것은 고등학생이 된 뒤부터였다. 피아니스트로서는 너무 늦은 출발인 셈이다. 그때까지는 피아노에 손을 대본 일도 없었다. 하지만 고등학교 음악실에 있던 피아노를 방과 후에 재미삼아 두드려보는 사이에 독학으로 피아노를 깨우치게 되었다. 그녀는 원래 절대음감을 가졌고 귀도 남다르게 뛰어났다. 어떤 멜로디라도 한 번 들으면 금세 건반으로 옮길 수 있었다. 그 멜로디에 맞는 코드도 찾아낼 수 있었다. 누구에게 배운 것도 아닌데 열 개의 손가락은 매끄럽게 움직였다. 그녀에게는 피아노를 치는 재능이 태어나면서부터 자연스럽게 갖춰져 있었던 것이다.

한 젊은 음악교사가 사치가 음악실의 피아노를 치는 장면을 목격하고는 감탄해서 운지에 대한 기초적인 오류를 바로잡아주었다. "그렇게 칠 수도 있지만, 이렇게 하면 좀더 빠르게 칠 수 있어." 그러고는 실제로 연주를 해보였다. 그녀는 눈 깜빡할 사이에 그것을 이해했다. 그 교사가 재즈 팬이어서 재즈 피아노를 치기 위한 기초 이론을 방과 후에 전수해주었다. 코드는 어떻게 성립되고 어떤 식으로 진행되는가. 페달은 언제 어떻게 사용하는가. 애드리브란 어떤 개념인가. 그녀는 그 모든 것을 탐욕스럽게 빨아들여 자기 것으로 만들었다. 교사는 레코드도 몇 장 빌려주었다. 레드 갈랜드, 빌 에반스, 윈튼 켈리. 그녀는 그들의 연주를 반복해서 듣고 그대로 카피했다. 일단 익숙해지면 카피하는 건 그다지 어렵지 않았다. 그녀는 음의 톤과 무드를 일일이 채보하는 일 없이 그대로 손가락으로 재현해냈다. "너는 재능이 있어. 본격적으로 공부하면 프로 피아니스트가 될 수 있을 거야." 교사는 감탄하며 말했다.

하지만 사치는 프로 피아니스트는 아무래도 불가능할 것 같다고 생각했다. 그녀가 할 수 있는 건 오리지널을 정확히 카피하는 것뿐이었기 때문이다. 그곳에 있는 것을 그곳에 있는 그대로 치는 것은 간단하다. 하지만 자신만의 음악은 만들어낼 수 없었다. 자유롭게 쳐보라고 해도 무엇을 어떻게 쳐야 할지 알지 못했다. 자유롭게 치기 시작하면 결국에는 어떤 곡의 카피가 되어버렸다. 게다가 악보를 읽는 게 영 안 되었다. 세세하게 써넣은 악보를 마주하면 숨이 턱 막혔다. 실제 소리를 듣고 그것을 그대로 피아노 건반에 옮겨내는 게 훨씬 더 편했다. 이래서야 피아니스트로서는 도저히 성공할 수 없다고 그녀는 생각했다.

고등학교를 졸업하고 사치는 본격적으로 요리를 공부하기로 했다. 요리에 딱히 흥미가 있었던 것은 아니지만, 아버지가 레스토랑을 운영하고 있었고 그밖에 딱히 하고 싶은 일도 없어서 그 가게나 물려받아볼까 하고 생각한 것이다. 요리 전문학교에 다니기 위해 시카고로 건너갔다. 시카고는 세련된 요리cuisine로 유명한 도시는 아니지만 마침 거기에 친척이 살고 있어서 그녀의 신원보증인이 되어주었다.

그 학교에서 요리 공부를 하는 동안에 반 친구의 소개로 다운타운의 작은 피아노 바에서 피아노를 치게 되었다. 처음에는 용돈벌이를 위한 일시적인 아르바이트 정도로 생각했다. 부모님이 보내주는 돈으로 빠듯하게 살고 있다 보니 조금이라도 여윳돈이 생기는 건 반가운 일이었다. 게다가 그녀가 어떤 곡이라도 척척 소화해냈기 때문에 가게의 오너는 그녀를 마음에 쏙 들어했다. 한 번 들은 곡은 절대로 잊지 않았고, 들어본 적이 없는 곡이라도 멜로디를 흥얼거려주면 그 자리에서 재현할 수 있었다. 미인이라고는 못 해도 귀염성 있는 얼굴이라 인기도 얻었고, 그녀를 보러 일부러 찾아오는 고객도 불어났다. 팁도 상당히 많이 들어왔다. 이윽고 학교에 나가지 않게 되었다. 피가 뚝뚝 듣는 돼지고기를 썰고 딱딱한 치즈를 갈고 더럽고 무거운 프라이팬을 씻는 것보다 피아노 앞에 앉아 있는 게 훨씬 더 유쾌하고 편했기 때문이다.

그러니 아들이 고등학교를 거의 작파하다시피 하고 서핑으로만 세월을 보낼 때도 뭐, 어쩔 수 없다고 생각했다. 나도 어렸을 때 그 비슷한 짓을 했으니 아들을 나무랄 처지도 아니다, 아마 이런 게 핏줄인 모양이다, 라고.

그 피아노 바에서 일 년 반쯤 피아노를 쳤다. 서서히 영어도 할 줄 알게 되고 돈도 제법 모았다. 미국인 보이프렌드도 생겼다. 배우가 되겠다는 핸섬한 흑인이었다(나중에 그가 〈다이하드2〉에 조연배우로 출연한 것을 사치는 발견했다). 하지만 어느 날, 가슴에 배지를 단 출입국관리국 직원이 가게로 찾아왔다. 그녀가 아무래도 지나치게 화려한 나날을 보냈던 것이다. 여권을 보여달라고 직원은 말했다. 그리고 불법취업이라는 명목으로 그 자리에서 그녀를 구속했다. 며칠 뒤에는 나리타행 점보제트기에 태워졌다. 물론 항공료는 그녀의 예금에서 지불하지 않으면 안 되었다. 그렇게 사치의 미국 생활은 끝이 났다.

일본에 돌아와 앞으로의 인생에 대해 다양한 가능성을 고려해봤으나 피아노를 치는 것 말고는 달리 방법이 생각나지 않았다. 악보를 제대로 읽지 못하는 탓에 일자리는 한정될 수밖에 없었지만, 어떤 곡이든 들은 대로 재현해내는 그녀의 특기는 여러 곳에서 높은 평가를 받았다. 그녀는 호텔 라운지나 나이트클럽, 피아노 바에서 피아노를 쳤다. 그때그때의 분위기나 손님들의 수준, 신청곡에 따라 어떤 스타일로도 연주할 수 있었다. 그야말로 '음악의 카멜레온'이라고 할까, 어찌됐건 일거리가 아쉬운 적은 없었다.

스물네 살 때 결혼해서 이 년 뒤에 사내아이를 낳았다. 남편은 한 살 연하의 재즈 기타리스트였다. 수입은 거의 없고 상습적으로 마약을 하고 여자관계도 복잡했다. 집에 들어오지 않는 일도 많고, 집에 있을 때는 걸핏하면 폭력을 휘둘렀다. 모두가 그 결혼에 반대했고 결혼한 뒤에는 모두가 이혼을 권했다. 남편은 거칠기는 하지만 오리지널한 음악적 재능이 있어서 재즈계에서는 젊은 기수로 주목받았다. 아마 사치는 그런 면에 마음이 끌렸을 것이다. 하지만 결혼생활은 오 년밖에 이어지지 않았다. 그는 다른 여자 집에서 한밤중에 심장발작을 일으켜 벌거벗은 채 병원에 실려가다가 죽었다. 마약을 너무 심하게 했기 때문이라고 들었다.

남편이 죽고 얼마 뒤에 그녀는 롯폰기에 자신의 작은 피아노 바를 열었다. 모아둔 돈도 제법 있었고, 남편 모르게 들어둔 생명보험의 보상금도 나왔다. 은행에서 대출도 해주었다. 그 은행 지점장이 그때까지 그녀가 일하던 피아노 바의 단골 고객이었기 때문이다. 중고 그랜드피아노를 들여놓고 거기에 맞춰 카운터를 만들었다. 전부터 점찍어둔 유능한 바텐더 겸 매니저를 다른 가게에서 높은 월급을 주고 뽑아왔다. 그녀가 매일 밤 피아노를 치면 손님들은 신청곡을 넣고 그녀의 반주에 맞춰 노래했다. 피아노 위에는 팁을 넣기 위한 어항을 올려놓았다. 근처 재즈클럽에 출연하는 뮤지션이 가게에 들러 가볍게 연주해주고 가는 일도 있었다. 단골 고객도 생기고 장사는 예상보다 크게 번창했다. 대출 빚도 순조롭게 갚아나갈 수 있었다. 결혼생활에 크게 데었기 때문에 재혼은 하지 않았지만 그때그때 사귀는 상대는 있었다. 대개는 가정이 있는 사람이었다. 하지만 그녀 입장에서는 오히려 그게 더 마음 편했다. 그럭저럭하는 사이에 아들은 쑥쑥 자라서 서퍼가 되고 서핑을 하기 위해 카우아이 섬의 하나레이에 가겠다고 떠들어댔다. 그리 내키지는 않았지만 말씨름하기에도 지쳐서 사치는 떨떠름하게 여행 경비를 내주었다. 기나긴 논쟁은 그녀의 특기가 아니었다. 그리고 아들은 그곳에서 힘찬 파도가 오기를 기다리다가 거북이를 쫓아 들어온 상어의 습격을 받아 열아홉 살의 짧은 생애를 마감했던 것이다.

아들이 죽은 뒤, 사치는 이전보다 더 열심히 일했다. 일 년 동안 거의 쉬지 않고 가게에 나가 하염없이 피아노를 쳤다. 그리고 가을 끝물이면 삼 주일의 휴가를 만들어 유나이티드 항공 비즈니스 클래스를 타고 카우아이 섬으로 갔다. 그녀가 없는 동안에는 다른 피아니스트가 대신 맡아주었다.

하나레이에서도 사치는 이따금 피아노를 쳤다. 어느 레스토랑에 소형 그랜드피아노가 있는데 주말이면 콩나물 같은 체구의 오십대 피아니스트가 와서 연주했다. '발리 하이'나 '블루 하와이'

같이 감미롭고 자극적이지 않은 노래들을 주로 연주했다. 딱히 실력이 뛰어난 피아니스트는 아니지만 인품이 온후해서 그 온후함이 연주에도 배어나왔다. 사치는 그 피아니스트와 친해져서 이따금 그 대신 피아노를 치곤 했다. 물론 연주자로 초빙된 게 아니라서 개런티는 없었지만 가게 주인은 와인과 파스타를 서비스로 내주었다. 그녀는 피아노를 치는 것 자체가 좋았던 것이다. 건반 위에 열 개의 손가락을 올려놓는 것만으로도 마음이 툭 트였다. 그것은 재능이 있고 없고와는 관계없는 일이다. 도움이 되느냐 마느냐 하는 문제도 아니다. 아들도 아마 파도를 타면서 똑같은 생각을 했었는지도 모른다, 라고 사치는 상상했다.

하지만 솔직히 말해 사치는 자신의 아들을 한 인간으로는 그다지 좋아할 수 없었다. 물론 사랑하기는 했다. 세상 어느 누구보다 소중하게 여기고는 있었다. 하지만 인간적으로는—그것을 인정하기까지 상당한 시간이 걸렸지만—어떻게도 호의를 가질 수 없었다. 만일 그 아이가 피를 나눈 내 자식이 아니었다면 분명 그 옆에도 가지 않았을 거라고 사치는 생각했다. 제멋대로 굴고, 집중력이 없어서 한번 시작한 일을 끝까지 해낸 적이 없었다. 진지한 얘기를 피하고 대충대충 거짓말만 둘러댔다. 공부는 거의 하지 않아서 학교 성적도 참담했다. 그나마 열의를 보인 것은 서핑뿐이었지만 그것도 언제까지 계속했을지, 안 봐도 뻔한 일이었다. 생김

새는 곱상해서 사귀는 여자애가 한둘이 아니었지만, 놀 만큼 놀다가 싫증이 나면 장난감 버리듯 미련 없이 버렸다. 아마도 내가 그 아이를 망쳐버린 것이리라, 라고 그녀는 생각했다. 용돈을 너무 많이 줬는지도 모른다. 좀더 엄하게 키웠어야 했는지도 모른다. 하지만 구체적으로 어떻게 엄하게 대했어야 하는지, 그녀는 알지 못한다. 일이 너무 바빴고, 사내아이의 심리나 신체에 대해 전혀 지식이 없었다.

사치가 그 레스토랑에서 피아노를 치고 있을 때, 서퍼 두 놈이 식사를 하기 위해 찾아왔다. 그들이 하나레이에 온 지 엿새째 되는 날이었다. 완전히 까맣게 타서 처음 만났을 때보다 제법 늠름해져 있었다.

"와아, 아줌마, 피아노 치시는구나." 땅딸이가 말했다.

"엄청나게 잘 치시네. 프로네요, 프로." 키다리가 말했다.

"그냥 취미로 치는 거야." 사치는 말했다.

"비즈의 노래도 아세요?"

"몰라, 그런 건." 사치는 말했다. "근데 너희, 가난뱅이라고 하지 않았어? 이런 레스토랑에서 밥 먹을 돈이 있어?"

"다이너스카드가 있잖아요." 키다리가 의기양양하게 말했다.

"그거, 비상용이랬잖아."

"뭐, 어떻게든 되겠죠. 이런 건 일단 쓰기 시작하면 버릇이 된다니까요. 우리 아빠 말이 딱 맞아요."

"너희, 진짜 속 편해서 좋겠다." 사치는 감탄해서 말했다.

"아줌마한테 식사 대접 한 번 할 생각이었어요." 땅딸이가 말했다. "이래저래 크게 신세도 졌고, 우리가 모레 아침에 일본으로 떠날 예정이라서 그전에 감사 인사 같은 거, 하고 싶었어요."

"그러니까 혹시 괜찮으시면 지금 여기서 함께 점심 드실래요? 근사한 와인도 주문해버리죠. 우리가 사드릴게요." 키다리가 말했다.

"점심, 벌써 먹었어." 사치는 말했다. 그리고 손에 든 레드와인 잔을 들어올렸다. "와인도 가게에서 이렇게 서비스해줬고. 그러니까 그 마음만 고맙게 받을게."

웬 덩치 큰 백인 남자가 그들의 테이블로 쓰윽 다가와 사치 옆에 섰다. 손에 위스키 잔을 들고 있었다. 아마도 마흔 살 이쪽저쪽. 머리칼은 짧았다. 팔뚝은 웬만한 전봇대만큼 굵고 거기에 큼직하게 용 문신을 새겼다. 그 아래쪽에는 USMC 미국 해병대라는 글자가 보였다. 꽤 오래전에 새겼는지 문신의 색깔이 옅어져 있었다.

"당신, 피아노 잘 치네." 그가 말했다.

"고마워." 사치는 남자의 얼굴을 흘끔 쳐다보고 나서 말했다.

"일본인이야?"

"그래."

"나도 일본에 갔었어. 옛날 일이지만. 이와쿠니에서 이 년."

"그래? 난 시카고에서 이 년 살았어. 옛날 일이지만. 그걸로 서로 샘샘이네."

남자는 잠깐 생각에 잠겼다. 그러고는 농담 같은 거라고 짐작했는지 웃었다.

"아무거나 피아노 좀 쳐줘. 번쩍 힘나는 걸로. 보비 다린의 '비욘드 더 시', 알아? 한 곡 뽑고 싶은데."

"난 이 레스토랑에 고용된 사람도 아니고, 지금은 얘들과 이야기하는 중이야. 저기 피아노 앞에 앉은 머리숱 듬성드뭇하고 깡마른 신사분이 이 레스토랑 전속 피아니스트야. 신청곡이 있으면 그쪽에 부탁해. 팁 넣는 거 잊지 말고."

남자는 고개를 저었다. "저런 프루트케이크여자 같은 남자 혹은 동성애자를 가리키는 속어는 비실비실한 게이 음악밖에 못 해. 그런 거 말고 당신 피아노로 산뜻하게 가보자고. 10달러 낼게."

"500달러라도 사양하겠어." 사치는 말했다.

"그래?" 남자는 말했다.

"그래." 사치는 말했다.

"이봐, 왜 일본인은 자기 나라를 지키기 위해 싸우지 않지? 왜 우리가 이와쿠니 시골구석까지 가서 당신들을 지켜줘야 하느냐고."

"그러니까 피아노쯤은 잔소리 말고 냉큼 치라는 얘기?"

"그렇지." 남자는 말했다. 그리고 테이블 맞은편에 앉은 두 젊은이를 쳐다보았다. "헤이, 너희, 아무 짝에도 쓸모없는 골 빈 서퍼들이지? 잽jap, 일본인을 경멸하는 뜻을 담은 호칭이 멀리 하와이까지 와서 서핑 따위나 하고, 대체 뭐하자는 거야? 지금 이라크에서는 말이지……"

"잠깐 당신에게 물어볼 게 있어." 사치가 그의 말을 가로막았다. "아까부터 내 머릿속에서 부글부글 의문이 들끓어서 말이야."

"말해봐."

사치는 고개를 돌려 남자의 얼굴을 똑바로 바라보았다. "대체 어떻게 하면 당신 같은 타입의 인간이 만들어지는지, 정말 궁금해. 태어날 때부터 그런 성질머리였는지 아니면 인생의 어딘가에서 엄청나게 불쾌한 일을 겪어서 그 꼴이 되었는지, 대체 어느 쪽일까? 당신 스스로는 어느 쪽이라고 생각해?"

남자는 그것에 대해 다시 잠깐 생각에 잠겼다. 그러고는 위스키 잔을 테이블 위에 탕 소리나게 내려놓았다. "이봐, 레이디―."

큰소리가 나는 기척을 깨닫고 가게 오너가 달려왔다. 그는 작은 몸집의 남자였지만 옛 해병대원의 굵은 팔을 끌고 어딘가로 데려갔다. 아는 사이인지, 남자도 저항은 하지 않았다. 한두마디 꿍얼거리는 소리를 던지고 갔을 뿐이다.

"미안해." 잠시 뒤에 오너가 돌아와 사치에게 사과했다. "평소에는 그리 나쁜 녀석이 아닌데 술만 들어가면 사람이 변해버려. 나중에 따끔하게 주의를 줄게. 우리 쪽에서 뭔가 서비스할 테니까 불쾌한 일은 잊어줘."

"됐어. 저런 사람, 이미 익숙해졌어." 사치는 말했다.

"대체 뭐라고 한 거예요?" 땅딸이가 사치에게 물었다.

"무슨 소린지 도통 알아들을 수가 있어야지." 키다리가 말했다. "잽이라는 소리는 귀에 들어오던데."

"알 거 없어. 별 얘기 아니었으니까." 사치는 말했다. "그나저나 너희, 하나레이에서 실컷 서핑해서 좋았어?"

"엄청나게 좋았죠." 땅딸이가 말했다.

"최고였어요." 키다리가 말했다. "인생이 크게 바뀐 듯한 느낌이에요. 진짜로."

"그래, 좋겠다. 즐길 수 있을 때 마음껏 즐기셔. 그러다 보면 청구서가 날아올 테니까."

"괜찮아요. 우리한테는 카드가 있으니까." 키다리가 말했다.

"너희, 참 속 편해서 좋겠다." 사치는 말하고 고개를 저었다.

"저기, 아줌마, 뭐 좀 물어봐도 돼요?" 땅딸이가 말했다.

"뭔데?"

"혹시 여기서 외다리 일본인 서퍼, 못 봤어요?"

"외다리 일본인 서퍼?" 사치는 눈을 가느스름하게 하고 땅딸이의 얼굴을 똑바로 바라보았다. "아니, 못 봤는데?"

"우리는 두어 번 봤어요. 해변에서 우리를 빤히 쳐다보고 있더라고요. 딕 브루어의 빨간 서프보드를 들고 있고, 다리가 여기쯤부터 아래쪽으로는 없어요." 땅딸이는 무릎 위 10센티쯤에 손가락으로 선을 그었다. "싹둑 잘려나간 것처럼. 근데 우리가 모래사장으로 올라오니까 그새 사라졌더라고요. 흔적도 없이. 말을 걸어볼까 하고 꽤 샅샅이 찾아봤는데 눈에 띄질 않았어요. 나이는 아마 우리 또래쯤 되는 거 같았는데."

"그거, 어느 쪽 다리였어? 오른쪽? 아니면 왼쪽?"

땅딸이는 잠시 생각에 잠겼다. "그게, 흠, 분명 오른쪽이었어요. 그렇지?"

"응, 오른쪽이야. 틀림없어." 키다리가 말했다.

"그래?" 사치는 말했다. 그리고 와인으로 입을 적셨다. 심장이 뻑뻑한 소리를 내고 있었다. "정말 일본인이었어? 일본계 미국인은 아니고?"

"아뇨, 틀림없다니까요. 그런 건 척 보면 알잖아요. 분명 일본에서 온 서퍼예요. 우리처럼." 키다리가 말했다.

사치는 잠시 입술을 꽉 깨물었다. 그러고는 마른 목소리로 말했다. "근데 이상하다, 너희도 알다시피 이 좁은 동네에 외다리 일본인 서퍼 같은 게 있으면 반드시 눈에 띌 텐데."

"그렇죠?" 땅딸이는 말했다. "그런 사람이 있으면 금방 눈에 띄겠지요. 그래서 우리도 좀 이상하긴 해요. 근데 진짜로 있었어요. 틀림없어요. 분명히 우리 둘이서 봤으니까요."

키다리가 말했다. "아줌마도 날마다 모래사장에 나와 계시잖아요, 항상 같은 자리에. 거기서 조금 떨어진 곳에 그가 외다리로 서 있었어요. 우리를 쳐다보고 있었죠. 나무에 몸을 기대고. 야외 테이블이 있고, 아이언트리 몇 그루가 무더기로 서 있는 거기 그늘 근처에."

사치는 아무 말 없이 와인을 한 모금 마셨다.

"근데 어떻게 외다리로 보드 위에 설 수 있지? 진짜 모르겠네. 두 다리로 버텨도 엄청 힘든데." 땅딸이가 말했다.

사치는 그뒤로 날마다 아침 일찍부터 저녁 어두워질 때까지 길고 긴 해변을 수없이 오락가락 걸었다. 하지만 외다리 서퍼의 모습은 어디에도 없었다. 그 지역 서퍼들에게 "외다리 일본인 서퍼, 본 적 있어?"라고 물어보고 다녔다. 하지만 다들 의아한 얼굴로 고개를 저었다. 외다리 일본인 서퍼? 아니, 그런 사람은 본 적 없는데? 물론 봤다면 기억하지. 눈에 딱 띌 텐데. 하지만 어떻게 외다리로 서핑을 한다는 거야?

일본에 돌아가기 전날 밤, 사치는 짐을 꾸려놓고 침대에 누웠다. 뻐꾸기 우는 소리가 파도소리에 섞여 들려왔다. 문득 깨닫고 보니 눈에서 눈물이 흘렀다. 베개가 젖어 있어서 자신이 내내 울었다는 것을 알았다. 어째서 나한테는 아들의 모습이 안 보이는 걸까, 라고 그녀는 울면서 생각했다. 어째서 그 시원찮은 두 서퍼 녀석들에게는 보이고 나한테는 안 보이는가. 이건 어떻게 생각해봐도 불공평하지 않은가. 그녀는 시신안치소에 있던 아들의 유체를 머릿속에 떠올렸다. 할 수만 있다면 그 어깨를 힘껏 흔들어 깨워서 큰 소리로 따져묻고 싶었다. 얘, 어째서야? 이건 너무 심한 거 아니니, 라고.

사치는 한참동안 젖은 베개에 얼굴을 묻고 소리 죽여 울었다. 나한테는 그럴 자격이 없는 걸까. 그녀는 정말 알 수가 없었다. 그녀가 아는 것은 무엇이 어찌됐건 이 섬을 받아들이지 않으면 안 된다는 것뿐이었다. 그 일본계 미국인 경관이 조용한 목소리로 알려주었듯이 나는 이곳에 있는 것들을 있는 그대로 받아들이지 않으면 안 된다. 공평하건 불공평하건, 자격 같은 게 있건 없건, 그냥 있는 그대로. 사치는 다음 날 아침, 건강한 한 명의 중년여성으로서 눈을 떴다. 그리고 캐리어를 닷지네온의 뒷좌석에 싣고 하나레이 해변을 뒤로했다.

일본에 돌아온 지 여덟 달쯤 지났을 때, 사치는 도쿄 시내에서 땅딸이를 만났다. 롯폰기 지하철 역 근처 스타벅스에서 비도 그을 겸 커피를 마시고 있으려니 가까운 테이블에 땅딸보가 앉아 있었다. 다림질한 랄프 로렌 셔츠에 새 치노팬츠라는 깔끔한 차림새로, 작고 예쁘장한 여자애와 함께 있었다.

"앗, 아줌마." 그는 반가운 얼굴로 자리에서 일어나 그녀의 테이블로 다가왔다. "진짜 생각도 못 했어요. 이런 데서 만나다니."

"그래, 잘 지냈니?" 그녀는 말했다. "머리, 꽤 짧게 잘랐네?"

"이제 슬슬 대학 졸업이니까요." 땅딸이는 말했다.

"너 같은 애도 졸업을 시켜주는구나."

"네에, 이래봬도 그런 건 확실히 챙기거든요." 그리고 맞은편 자리에 앉았다.

"서핑은 끊었어?"

"주말에 가끔씩 하긴 하는데, 이제 취업도 해야 하고 슬슬 발을 빼야죠."

"키 멀쑥한 친구는?"

"그 녀석은 완전 천하태평이에요. 취직 걱정이 없으니까요. 아버지가 아카사카에서 꽤 큰 과자점을 하고 있어요. 그 가게 얌전히 물려받으면 아버지가 BMW 사준다고 했대요. 진짜 부럽죠. 나야 그럴 형편이 아니니까요."

그녀는 바깥으로 시선을 던졌다. 여름철 잠시 지나가는 비가 도로 위를 검게 적시고 있었다. 도로는 정체되어 택시가 짜증스럽게 클랙슨을 울렸다.

"저기 저 아가씨는 여자친구?"

"네에. 아, 아뇨, 현재로서는 발전도상이에요." 땅딸이는 머리를 긁적이며 말했다.

"꽤 예쁘장한데? 너한테는 좀 아깝다. 너랑 안 잔다고 튕기는 거 아냐?"

그는 그만 천장을 우러러보았다. "여전히 심한 말씀을 획획 던지시네. 근데 실은 그렇긴 해요. 뭔가 맞춤형 어드바이스 좀 해주세요. 그녀와의 관계를 급 발전시킬 만한 어드바이스."

"여자와 잘 지내는 방법은 세 가지밖에 없어. 첫째, 상대의 이야기를 조용히 들어줄 것. 둘째, 옷차림을 칭찬해줄 것. 셋째, 가능한 한 맛있는 걸 많이 사줄 것. 어때, 간단하지? 그렇게 했는데도 안 된다면 얼른 포기하는 게 좋아."

"그거 엄청나게 현실적이면서도 쉬운데요. 수첩에 적어도 괜찮죠?"

"괜찮기야 하지만, 그 정도쯤은 머리로 기억할 수 없니?"

"아뇨, 닭하고 비슷한 정도라서 세 발짝만 걸어가면 죄다 까먹어요. 그래서 뭐든 메모해두죠. 아인슈타인도 그랬다던데요?"

"아인슈타인?"

"깜빡하는 건 문제될 거 없어요. 아예 잊어버리는 게 문제죠."

"그래, 뭐든 너 좋을 대로 해." 사치는 말했다.

땅딸이는 호주머니에서 수첩을 꺼내 그녀가 한 말을 착실히 메모했다.

"항상 좋은 어드바이스, 고맙습니다. 큰 도움이 될 거 같아요." 그는 말했다.

"그래, 잘되면 좋겠다."

"네, 열심히 해봐야죠." 땅딸이는 말했다. 그리고 자신의 테이블로 돌아가려고 자리에서 일어나더니 잠깐 생각해보고 나서 손을 내밀었다. "아줌마도 힘내세요."

사치는 그 손을 잡았다. "너희, 하나레이에서 상어에게 잡아먹히지 않아서 정말 다행이다, 그치?"

"거기, 상어 있어요? 진짜로?"

"있어." 사치는 말했다. "진짜로."

사치는 매일 밤, 상아색과 검은색의 건반 여든여덟 개 앞에 앉아서 대부분 자동적으로 손가락을 놀린다. 그동안에 다른 일은 하나도 생각하지 않는다. 그저 소리의 울림만 의식을 타고 흘러간다. 이쪽 문으로 들어와 반대편 문으로 나간다. 피아노를 치지 않을 때는 가을이 끝나갈 무렵의 삼 주일 동안 하나레이에서 지낼

일을 생각한다. 밀려오는 파도 소리와 아이언트리의 술렁임을 생각한다. 무역풍에 휘날려가는 구름, 크게 날개를 펴고 하늘을 날아가는 앨버트로스. 그리고 그곳에서 그녀를 기다리고 있을 터인 것에 대해 생각한다. 그녀에게 현재 그것 말고는 생각해야 할 일이라고는 아무것도 없다. 하나레이 해변.

어디가 됐든 그것이 발견될 것 같은 장소에

"시아버지는 삼 년 전에 전차에 치여 돌아가셨어요." 그 여자는 말했다. 그리고 잠시 입을 다물었다.

나는 딱히 그것에 대해 내 의견은 밝히지 않았다. 상대의 눈을 마주 바라보며 고개를 두 번 끄덕였을 뿐이다. 그리고 그녀가 입을 다물고 있는 동안, 펜 접시에 놓인 여섯 자루의 연필이 뾰족한지 아닌지 점검했다. 골퍼가 거리에 적합한 클럽을 골라내듯이 신중하게 한 자루의 연필을 골랐다. 너무 뾰족하지도 너무 뭉툭하지도 않은 것으로.

"남우세스러운 얘기지만." 여자는 말했다.

나는 그 말에 대해서도 의견을 밝히지 않았다. 메모지를 끌어당겨 연필을 테스트하기 위해 맨 위쪽에 오늘의 날짜와 상대의 이름을 써넣었다.

"도쿄에서는 이제 거의 노면전차를 운행하지 않아요. 모두 버스로 대체되었죠. 하지만 일부 아직도 남아있는 데가 있어요. 일종의 기념품 같은 느낌으로. 시아버지는 거기에 치인 거예요." 그녀는 그렇게 말하고 소리 없는 한숨을 쉬었다. "삼 년 전 10월 1일, 비가 세차게 쏟아지는 밤이었어요."

나는 연필로 메모지에 정보를 간단히 써넣었다. 시아버지, 삼 년 전, 전차, 세찬 비, 10/01, 밤. 나는 글씨를 또박또박 쓰는 편이라서 꽤 시간이 걸린다.

"시아버지는 그때 만취 상태였어요. 그러지 않고서야 비가 쏟아지는 밤에 전차 선로에 누워 있지 않았겠지요. 당연한 얘기죠."

그렇게 말하고 여자는 다시 한동안 침묵했다. 입을 꾹 다물고 지그시 내 쪽을 보고 있었다. 아마도 동의해달라는 뜻일 것이다.

"물론이죠." 나는 말했다. "상당히 취하셨던 모양이네요."

"의식을 잃을 만큼 취했던 것 같아요."

"아버님은 자주 그런 식이셨습니까?"

"그러니까, 항상 의식을 잃을 만큼 취했느냐는 말인가요?"

나는 고개를 끄덕였다.

"네, 이따금 만취할 만큼 마시기는 했어요." 여자는 인정했다. "하지만 항상 그런 건 아니고, 더구나 전차 선로에 드러누울 정도는 아니었어요."

대체 얼마나 술에 취하면 노면전차의 레일 위에서 잠들 수 있는지, 나로서는 영 판단이 되지 않았다. 그것은 정도의 문제일까 질의 문제일까. 아니면 방향성의 문제인가.

"술에 취하는 일은 있어도 평소에 그 정도로 심하지는 않았다는 말씀이군요?" 나는 물었다.

"네, 나는 그렇게 알고 있어요." 여자는 말했다.

"실례지만, 나이가 어떻게 되시지요?"

"내 나이를 물으시는 건가요?"

"그렇습니다." 나는 말했다. "물론 대답하고 싶지 않으시다면 대답하지 않으셔도 좋습니다."

여자는 손을 들어 집게손가락으로 콧날을 만졌다. 곧게 뻗은 예쁜 코였다. 그리 오래되지 않은 시기에 코 성형수술을 했는지도 모른다. 나는 같은 버릇을 가진 여자와 한동안 사귄 적이 있다. 그녀도 코 성형수술을 했고, 뭔가 생각할 때마다 항상 집게손가락으로 콧날을 만졌다. 새로 만든 코가 여전히 그곳에 잘 달려 있는지 확인하려는 것처럼. 그래서 그런 손짓을 보면 나는 가벼운 데자뷰에 빠졌다. 그것은 오럴 섹스와도 적잖이 관련이 있다.

"아뇨, 굳이 감출 필요는 없어요." 여자는 말했다. "서른다섯 살이에요."

"시아버님은 돌아가실 당시에 몇 살이었지요?"

"예순 여덟이었어요."

"시아버님은 무엇을 하고 계셨지요? 하시던 일 말입니다."

"승려였어요."

"승려라고 하면…… 불교의 스님이라는 건가요?"

"네, 불교 승려. 정토종이에요. 도요시마 구에 있는 사찰의 주지스님이셨어요."

"그건 상당한 충격이었겠군요." 나는 물었다.

"시아버지가 술에 취해 전차에 치인 것 말인가요?"

"그렇습니다."

"물론 큰 충격이었죠. 특히 남편에게는." 여자는 말했다.

나는 메모지에 연필로 '68세, 승려, 정토종'이라고 썼다.

여자는 이인용 소파의 한쪽 끝에 자리를 잡고 있었다. 나는 책상 앞 회전의자에 앉아 있다. 우리 사이에는 2미터 정도의 거리가 있었다. 그녀는 매우 샤프한 디자인의 쑥색 정장 차림이다. 스타킹을 신은 다리가 아름다워서 검정 하이힐이 잘 어울렸다. 그 구두 굽은 치명적인 흉기처럼 뾰족했다.

"그래서……." 나는 말했다. "당신이 의뢰하시려는 일이 남편분의 돌아가신 아버님에 관한 건가요?"

"아니요, 그렇지 않습니다." 여자는 말했다. 그리고 부정형을 재확인하듯이 짧고 분명하게 고개를 가로저었다. "내 남편에 관한 것이에요."

"남편분도 스님이십니까?"

"아뇨, 남편은 메릴린치에 다녀요."

"증권회사 메릴린치?"

"네, 그렇죠." 여자는 대답했다. 그 목소리에서 약간의 짜증이 묻어났다. 증권회사 아닌 메릴린치가 이 세상에 어디 있느냐—는 듯한. "트레이더로 일하고 있어요."

나는 연필 끝이 얼마나 닳았는지 확인하면서 조용히 그다음 말을 기다렸다.

"남편은 외아들이지만 불교보다는 증권 거래에 더 관심이 많아서 아버님 뒤를 이어 주지가 되지는 않았어요."

그건 당연한 일 아니냐는 듯이 그녀가 나를 보았지만, 나는 불교에도 증권 거래에도 별다른 관심이 없는지라 내 의견은 밝히지 않았다. 하시는 말씀은 분명하게 잘 듣고 있습니다, 라는 중립적인 표정을 얼굴에 내비쳤을 뿐이다.

"시아버지 돌아가신 뒤에 시어머니는 우리가 살고 있는 시나가와 구의 맨션으로 이사하셨어요. 같은 맨션의 다른 층이죠. 우리 부부는 26층이고 시어머니는 24층입니다. 혼자 사시는 거예요. 그때까지는 시아버지와 절에서 사셨는데 본산에서 다른 분을 파견해 주지 직을 승계하기로 했기 때문에 이쪽으로 이사하셨어요. 시어머니는 지금 예순세 살이세요. 말이 나온 김에 말씀드리는데, 남편은 마흔이에요. 별일 없다면 다음 달에 마흔한 살이 됩니다."

시어머니 24층, 63세. 남편 40세, 메릴린치, 26층, 시나가와 구, 라고 나는 메모지에 적었다. 여자는 내가 그것을 다 쓸 때까지 참을성 있게 기다렸다.

"시어머니는 시아버지가 돌아가신 뒤로 불안신경증에 걸리셨어요. 특히 비가 내릴 때는 그 증세가 심해지세요. 아마 시아버지가 비 오는 날 밤에 돌아가셨기 때문이겠지요. 흔한 케이스죠."

90

나는 가볍게 고개를 끄덕였다.

"증세가 심해지면 머릿속 어딘가의 나사가 살짝 풀어진 듯한 상태가 되시는 거예요. 자꾸 전화를 하세요. 전화가 오면 나나 남편이 아래층 시어머니 집에 가서 돌봐드려야 하죠. 달랜다고 할까 설득한다고 할까……. 남편이 있으면 남편이 가고 남편이 없으면 내가 갑니다."

그녀는 잠시 입을 다물고 내 반응을 기다렸다. 나는 침묵하고 있었다.

"시어머니는 나쁜 분은 아니에요. 나는 결코 시어머니의 인간성에 대해 부정적인 생각을 갖고 있는 건 아닙니다. 다만 신경이 예민하고 오랜 세월 동안 다른 누군가에게 기대며 사시는 데 익숙해진 것뿐이죠. 이런 상황을, 어때요, 대충 이해하시겠어요?"

"네, 이해한 것 같습니다." 나는 말했다.

그녀는 재빨리 다리를 바꾸어 포개었고 내가 뭔가를 메모지에 쓰기를 기다렸다. 하지만 나는 이번에는 아무것도 메모하지 않았다.

"전화가 온 것은 일요일 아침 10시였어요. 그날도 비가 꽤 많이 쏟아졌어요. 지지난주 일요일입니다. 오늘이 수요일이니까, 음, 열흘 전이네요."

나는 탁상달력을 보았다. "9월 3일 일요일이군요."

"맞아요, 3일이었던 것 같아요. 그날 아침 10시에 시어머니에게서 전화가 왔어요." 여자가 말했다. 그리고 회상하듯이 눈을 감았다. 알프레드 히치콕 감독의 영화라면 화면이 출렁 흔들리고 이제부터 회상 장면이 시작될 참이다. 하지만 영화가 아니니까 물론 회상 장면이 시작되는 일은 없고, 그녀는 이윽고 눈을 뜨고 다시 이야기하기 시작했다. "남편이 전화를 받았어요. 그날 골프를 치러 갈 예정이었는데 새벽부터 비가 쏟아지는 바람에 취소되어 집에 있었어요. 만일 날씨가 좋았다면 이런 일은 일어나지 않았을 거예요. 물론 결과론일 뿐이지만."

9/3, 골프, 비, 취소, 어머니→전화, 라고 나는 메모지에 썼다.

"시어머니는 남편에게 숨이 잘 쉬어지지 않는다고 했습니다. 현기증이 나서 의자에서 일어날 수도 없다고요. 그래서 남편은 면도도 않고 옷만 갈아입은 채 아래층 시어머니 집으로 갔습니다. 그리 오래 걸리지 않을 것 같으니까 아침식사 준비를 해달라고 남편이 나가는 길에 나한테 얘기했어요."

"남편께서는 어떤 옷차림이었습니까?" 나는 그렇게 질문했다.

그녀는 다시 코를 슬쩍 만졌다. "반소매 폴로셔츠에 치노팬츠. 셔츠는 진한 회색이고 바지는 크림색이에요. 둘 다 제이크루 온라인매장에서 구입했어요. 남편은 근시여서 항상 안경을 씁니다. 아르마니 금속테 안경이에요. 신발은 회색 뉴밸런스. 양말은 신지 않았어요."

나는 그 정보들을 메모지에 낱낱이 기록했다.

"키와 몸무게도 알고 싶으세요?"

"네, 알아두면 도움이 될 것 같군요." 나는 말했다.

"키는 173센티, 몸무게는 72킬로쯤이에요. 결혼 전에는 62킬로밖에 안 되었는데 십 년 동안 살이 좀 쪘어요."

나는 그 정보도 메모했다. 그리고 연필이 뾰족한지 아닌지 확인하고 새 것으로 바꿨다. 새 연필이 손에 익숙해지게 몇 번 쥐어보았다.

"이야기를 계속해도 될까요?" 여자가 물었다.

"네, 말씀하세요."

여자는 다리를 바꿔 포개었다. "전화가 왔을 때, 나는 팬케이크를 구우려고 준비하고 있었어요. 일요일 아침에는 곧잘 팬케이크를 굽곤 했으니까요. 골프하러 나가지 않는 일요일에는 항상 팬케이크를 마음껏 먹었죠. 남편이 팬케이크를 좋아하거든요. 바삭하게 구운 베이컨도 곁들여서."

몸무게가 10킬로나 불어난 것도 당연하다고 생각했지만, 물론 그런 말은 입 밖에 내지 않았다.

"이십오 분 뒤에 남편에게서 전화가 왔어요. 어머니가 대충 안정되셨으니까 지금 계단으로 집에 가겠다, 가는 대로 먹을 수 있게 아침을 준비해달라, 배가 고프다, 라고 남편은 말했습니다. 그 말을 듣고 나는 곧바로 프라이팬을 달궈 팬케이크를 굽기 시작했어요. 베이컨도 볶았고요. 메이플시럽도 마침맞게 데웠습니다. 팬케이크는 결코 복잡한 요리는 아니지만, 순서와 타이밍을 정확히 맞춰야 해요. 근데 아무리 기다려도 남편이 돌아오지 않는 거예요. 팬케이크는 접시 위에서 점점 식어가고. 그래서 시어머니 집에 전화를 했어요. 남편이 아직 거기에 있는지 물어보려고요. 벌써 한참 전에 돌아갔다, 라고 시어머니가 얘기하시더군요."

그녀는 내 얼굴을 보았다. 나는 조용히 그다음 말을 기다렸다. 여자는 스커트 무릎 위에 있는 형이상학적인 모양의 가공의 먼지를 손으로 툭툭 털어냈다.

"남편은 그길로 사라졌어요. 연기처럼. 그뒤로 전혀 아무 소식도 없어요. 24층과 26층 사이의 계단 중간에서 흔적도 없이 자취를 감춰버렸어요."

"물론 경찰에는 이미 신고하셨겠지요?"

"당연하죠." 여자는 그렇게 대답하고 입을 살짝 비쭉였다. "오후 1시까지도 돌아오지 않아서 경찰에 전화했어요. 하지만 솔직히 경찰은 그다지 수사에 열의를 보이지 않았습니다. 근처 파출소에서 순경이 나오기는 했는데 강력범죄의 흔적이 눈에 띄지 않는 것을 확인하자마자 금세 관심이 식어버린 눈치였어요. 이틀쯤 기다려보고 그래도 남편이 돌아오지 않으면 본서에 실종신고를 하라더군요. 아무래도 남편이 충동적으로 훌쩍 어딘가 가버렸다고 생각하는 것 같았어요. 사는 게 진절머리가 났다든가 어딘가 멀리 떠나고 싶었다든가. 하지만 생각 좀 해보세요. 그런 말도 안 되는 얘기가 어디 있습니까. 남편은 지갑도 면허증도 신용카드도 시계도 없이 그냥 맨손으로 어머니 집에 갔었어요. 면도도 하지 않았다고요. 그리고 지금 집에 갈 테니 팬케이크를 구워달라고 전화에 대고 얘기했어요. 이제부터 가출할 사람이 그런 전화를 할 필요가 있을까요? 얘기가 그렇잖아요?"

"맞는 말씀입니다." 나는 동의했다. "그런데 24층에 내려갈 때, 남편분은 항상 계단을 이용하십니까?"

"남편은 엘리베이터를 일절 이용하지 않아요. 엘리베이터라는 것 자체를 싫어하거든요. 그런 비좁은 곳에 밀폐되는 건 참을 수 없다고 했어요."

"하지만 그런데도 집은 26층의 고층으로 선택하셨어요?"

"네, 남편은 26층을 오르내릴 때도 항상 계단을 이용했어요. 계단을 오르내리는 건 딱히 힘들지 않나 봐요. 그러다 보면 하체가 튼튼해지고 몸무게를 줄이는 데도 도움이 되니까요. 물론 올라오고 내려가고 하자면 그만큼 시간이 걸리기는 했죠."

팬케이크, 10킬로, 계단, 엘리베이터, 라고 나는 메모지에 썼다. 막 구워낸 팬케이크와 계단을 걸어가는 남자의 모습이 머릿속에 떠올랐다.

여자는 말했다. "이쪽 사정은 대략 그런 정도예요. 이 일을 맡아주실 수 있을까요?"

굳이 생각해보고 자시고 할 것도 없었다. 그것은 그야말로 내가 바라던 케이스였다. 하지만 나는 일정표를 한참동안 들여다보며 뭔가를 조정하는 척했다. 덥석 달려들듯이 일을 받으면 뭔가 다른 속셈이 있는 게 아닌가 하고 미심쩍게 생각할 수 있다.

"오늘은 오후까지 마침맞게 시간이 비어 있군요." 나는 말했다. 그리고 손목시계를 들여다보았다. 11시 35분이다. "괜찮으시다면 지금, 댁으로 안내해주시겠습니까? 남편분이 마지막에 계셨던 현장을 살펴볼까 해서요."

"물론 안내해드려야죠." 여자는 말했다. 그리고 가볍게 눈썹을 찌푸렸다. "그건 이 일을 맡아주시겠다는 말씀인가요?"

"네, 이 일을 맡고 싶군요." 나는 말했다.

"하지만 아직 우리는 요금에 대해 상의하지 않은 것 같은데요."

"요금은 내지 않으셔도 됩니다."

"뭐라고 하셨죠?" 여자가 내 얼굴을 빤히 보았다.

"무료로 해드리겠다는 거예요." 나는 그렇게 말하고 미소를 지었다.

"하지만 이건 직업이시잖아요."

"아니, 그렇지 않아요. 이건 내 직업이 아닙니다. 어디까지나 개인적인 자원봉사예요. 그래서 요금은 내지 않으셔도 됩니다."

"자원봉사?"

"네, 그렇습니다."

"하지만 아무리 그래도 필수적인 경비라는 게 있을 텐데……."

"필수적인 경비도 받지 않습니다. 순수한 자원봉사니까 어떤 형태로든 금전을 주고받는 일은 없습니다."

여자는 여전히 이해할 수 없다는 표정이었다.

나는 설명을 했다. "다행스럽게도 나는 또 다른 쪽으로 먹고살기에 충분한 수입이 있습니다. 이 일은 돈을 버는 게 목적이 아니에요. 나는 개인적으로, 사라진 사람을 찾는 일에 관심이 많습니다." 정확히 말하자면, 어떤 일정한 방식으로 사라지는 사람을 찾는 일에 관심이 있다. 하지만 그런 얘기를 꺼내면 설명이 복잡해진다. "그리고 나에게는 약간의 능력이 있습니다."

"종교적인 백그라운드 같은 게 있나요? 아니면 뉴에이지 같은 것?" 여자는 물었다.

"아뇨, 종교와도 뉴에이지와도 전혀 관계가 없습니다."

여자는 자신이 신고 있는 하이힐의 뾰족한 굽을 흘끔 쳐다보았다. 뭔가 도리에 어긋나는 일이라도 생기면 그걸 들고 내게 덤벼들 작정인지도 모른다.

"공짜라는 건 절대로 믿지 말라고 남편이 항상 얘기했어요." 여자는 말했다. "이런 말을 하면 실례가 될지도 모르지만, 대개는 어딘가에 보이지 않는 덫이 있어서 좋은 꼴 볼 일은 없다더군요."

"일반적인 예로 보자면 남편분의 말씀이 맞습니다." 나는 말했다. "고도로 발전한 이 자본주의 세상에서 공짜라는 건 섣불리 믿어서는 안 되지요. 참으로 옳은 말씀이에요. 하지만 그래도 나를 믿어주셨으면 합니다. 그걸 이해하시는 데서부터 우리 얘기가 시작될 테니까요."

그녀는 옆에 놓인 루이비통 지갑을 집어 기품 있게 지퍼를 열더니 두툼한 봉투를 꺼냈다. 봉함이 된 봉투였다. 정확한 액수까지는 모르겠지만 꽤 묵직해 보였다.

"우선 사전조사 비용으로, 혹시 몰라서 가져왔어요."

나는 단호히 고개를 저었다. "금전이나 사례물품, 혹은 인적 도움은 일절 받지 않습니다. 그게 내 규칙입니다. 그런 걸 받으면 내가 지금부터 하려는 활동은 의미를 잃어버려요. 만일 돈에 여유가 있고, 공짜인 게 영 내키지 않는다면, 그 돈은 어딘가 자선단체에 기부해주세요. 동물애호협회라든가 교통사고 유가족 육영기금이라든가, 어디든 괜찮습니다. 그래서 정신적인 부담이 조금이라도 가벼워진다면."

여자는 얼굴을 찌푸리고 깊은 한숨을 내쉬더니 아무 말 없이 봉투를 지갑에 다시 넣었다. 그리고 불룩함과 침착함을 되찾은 루이비통 지갑을 원래 있던 자리에 돌려놓았다. 그러고는 다시 콧날을 만지며, 마치 공을 던져줘도 잡으러 달려가지 않는 개를 바라보는 듯한 눈빛으로 나를 보았다.

"당신이 지금부터 하시려는 활동이라고요?" 그녀는 어딘지 건조한 목소리로 말했다.

나는 고개를 끄덕이고 끝이 뭉툭해진 연필을 펜 접시에 내려놓았다.

뾰족한 하이힐을 신은 여자는 나를 맨션 24층과 26층 사이의 계단으로 안내해주었다. 그녀는 자신의 집 현관문을 보여주고(2609호), 시어머니가 살고 있는 집도 알려주었다(2417호). 각 층은 널찍한 계단으로 이어져 있었다. 양쪽 집을 오가는 데 천천히 걸어도 채 오 분이 걸리지 않았다.

"남편이 이 집을 사기로 결정한 이유 중에는 계단이 널찍하고 환하다는 것도 있었어요. 대부분 고층맨션은 계단 부분에 별로 신경을 쓰지 않아요. 계단을 넓게 하면 자리만 차지하고, 입주자들은 계단이 아니라 주로 엘리베이터를 이용하기 때문이죠. 그러니 건축업자들은 좀더 눈에 띄는 곳에 공을 들입니다. 이를테면 로비에 호화스러운 대리석을 쓰고, 입주자 전용 도서관도 마련하고.

하지만 남편은 계단이 무엇보다 중요하다고 생각했어요. 계단이란 건물의 등뼈 같은 것이라고 했죠."

분명 존재감이 탁월한 계단이었다. 25층과 26층 사이의 층계참에는 삼인용 소파가 놓였고 벽에는 큼직한 거울이 달려 있었다. 스탠드 딸린 재떨이에 그 옆으로 관엽식물을 심은 화분도 놓여 있었다. 커다란 창으로는 맑은 하늘과 몇 점의 구름이 보였다. 열리지 않는 고정식 창이다.

"각 층마다 이런 공간이 있어요?" 내가 물어보았다.

"아뇨, 다섯 개 층에 하나씩 이런 쉼터가 있죠. 각 층마다 다 있는 건 아니에요." 여자는 말했다. "우리 집과 시어머니 집의 내부도 보시겠어요?"

"아뇨, 현재로서는 그럴 필요는 없을 것 같군요."

"남편이 이렇게 아무 말 없이 자취를 감춰버린 뒤로 시어머니의 신경증은 예전보다 더 악화되었어요." 여자는 말했다. 그리고 손을 살랑살랑 저었다. "상당히 큰 충격이었겠죠. 말할 것도 없는 일이지만."

"물론 그러시겠지요." 나는 동의했다. "이 조사로 인해 어머님께 부담을 드리는 일은 아마 없을 겁니다."

"그렇게 해주시면 고맙겠습니다. 그리고 이웃에도 이 일은 비밀로 해주세요. 남편이 사라졌다는 건 아무에게도 말하지 않았으니까요."

"네, 잘 알겠습니다." 나는 말했다. "그런데 부인은 평소에 이 계단을 이용하십니까?"

"아뇨." 그녀는 말했다. 그리고 이유 없는 비난을 받은 사람처럼 눈썹이 꿈틀 치켜들렸다. "나는 평소에 엘리베이터를 이용해요. 남편과 함께 외출할 때는 먼저 계단으로 내려가라고 하고 나는 나중에 엘리베이터로 가죠. 그리고 로비에서 만나요. 돌아올 때는 내가 먼저 엘리베이터로 올라옵니다. 남편은 계단으로 뒤따라오고요. 하이힐을 신고 긴 계단을 오르내리는 건 위험하기도 하고 건강에도 좋지 않으니까요."

"그러시겠지요."

잠시 혼자 조사할 것이 있으니 관리인에게 한마디 양해의 말을 해줄 수 있겠느냐고 나는 그녀에게 말했다. 24층과 26층 사이의 계단을 어슬렁거리는 사람은 보험 관계로 조사를 나온 거라고 얘기해주십시오. 빈집털이로 의심을 받아 경찰에 신고하기라도 하면 내가 무척 난처해진다. 나에게는 직함이라고 할 만한 것이 없기 때문이다. 그녀는 알았다고 말했다. 그리고 공격적인 하이힐 소리를 울리며 계단을 올라갔다. 그녀의 모습이 사라진 뒤에도 하이힐 소리는 불길한 포고문에 못을 때려박듯이 주위에 울려퍼졌지만 이윽고 그것도 사라지고 침묵이 찾아왔다. 나는 혼자가 되었다.

　26층과 24층 사이의 계단을 세 차례 왕복했다. 처음에는 평균적인 보행 속도로. 그다음 두 번은 천천히 주의 깊게 주위를 관찰하면서. 의식을 집중하여 어떤 사소한 것도 놓치지 않도록 했다. 거의 눈도 깜빡거리지 않았을 정도다. 모든 사건은 뒤에 흔적을 남긴다. 그 흔적을 찾아내는 게 내가 가장 먼저 해야 할 일이다. 하지만 실로 꼼꼼하게 청소를 해버려서 계단에는 쓰레기 하나 떨어져 있지 않았다. 얼룩 하나 없고, 어디 우그러진 데도 눈에 띄지 않았다. 재떨이에도 담배꽁초는 없었다.

　거의 눈도 깜빡거리지 않고 계단을 오르내리는 데 지쳐서 나는 층계참 쉼터의 소파에 자리를 잡고 앉았다. 그다지 고급이라고 할 수 없는 비닐소파였다. 하지만 거의 아무도 이용하지 않는(것처럼 보이는) 계단 층계참에 이런 걸 챙겨놓은 것만으로도 칭찬받아야 할 것이다. 소파 바로 맞은편 벽에는 큼직한 거울이 달려 있었다. 거울 표면은 얼룩 하나 없이 깨끗하게 닦여 있었다. 빛도 딱 좋은 각도로 창문을 통해 들어왔다. 나는 거울에 비친 내 모습을 잠시 바라보았다. 그 일요일 아침에 사라진 트레이더도 어쩌면 이곳에서 한숨을 쉬며 거울에 비친 자신의 모습을 바라보았는지도 모른다. 아직 면도도 하지 않은 자신의 모습을.

내 경우에는 면도는 했지만 머리가 약간 길었다. 귀 뒤로 삐죽 삐죽 삐져나와서, 방금 강을 건너온 털 긴 사냥개 같기도 했다. 며칠 내로 이발소에 들러야 한다. 그리고 바지와 양말의 색깔이 맞지 않는다. 색깔 맞는 양말을 도무지 찾을 수 없었다. 빨래한다고 누가 나를 꾸짖을 것도 아니고, 이제 슬슬 밀린 빨래를 해야 한다. 그것 말고는 평소와 다름없는 나로 보였다. 45세, 독신. 증권 거래에도 불교에도 관심이 없다.

그러고 보니 폴 고갱도 주식중개사 일을 했어, 라고 나는 생각했다. 하지만 그는 본격적으로 그림을 그리고 싶어서 어느 날 처자식을 두고 혼자 훌쩍 타이티로 떠나버렸다. 혹시……? 하지만 설령 고갱이라도 지갑을 두고 갔을 리 없고, 만일 그즈음 아메리칸 익스프레스카드가 있었다면 그것까지 잊지 않고 챙겼을 것이다. 어쨌거나 타이티에 가는 거니까. 더구나 아내에게 "지금 집에 갈 테니까 팬케이크를 구워달라"는 말을 남기고 어딘가로 사라지지는 않을 것이다. 똑같은 사라짐이라도 거기에는 타당한 순서랄까 체계라는 게 있는 법이다.

나는 소파에서 일어나 이번에는 막 구운 팬케이크를 염두에 두고 다시 한 번 계단을 올라갔다. 의식을 최대한 집중해서 상상력을 발휘해보았다. 나는 마흔 살의 증권회사 직원이고, 지금은 일요일 아침이고, 바깥에서는 세찬 비가 내리고 있고, 팬케이크를 먹으러 집으로 돌아가는 참이라고. 그러다 보니 점점 진심으로 팬케이크가 먹고 싶어졌다. 생각해보니 아침에 일어나 작은 사과 한 개를 먹었을 뿐 아무것도 입에 넣지 않았다.

이대로 '데니스'에 가서 팬케이크나 먹을까, 라는 생각까지 들었다. 차를 타고 이곳에 오는 도중에 길가에서 '데니스' 간판을 봤던 게 생각난 것이다. 여기서 걸어서 갈 수 있는 거리다. '데니스'의 팬케이크는 딱히 맛있다고 할 건 아니지만(버터의 질도, 메이플시럽의 맛도, 바람직한 수준은 아니다), 그래도 참아줄 수 있을 듯했다. 사실 나도 팬케이크를 무척 좋아한다. 입안에 흥건히 침이 고이는 감촉. 하지만 나는 강하게 고개를 흔들어 머릿속에서 팬케이크의 이미지를 털어냈다. 창을 열고 망상의 구름을 후욱 불어버렸다. 팬케이크는 나중에, 라고 나 자신에게 되뇌었다. 그전에 해야 할 일이 있는 것이다.

"그 부인에게 물어봤어야 했는데." 나는 혼자 중얼거렸다. "남편에게 뭔가 취미가 있었느냐고 물어봤어야 했어. 어쩌면 그림을 그렸는지도 모르잖아."

하지만 가정을 버리고 가출할 만큼 그림 그리기를 좋아하는 남자라면 일요일마다 아침 일찍 골프를 치러 나가지는 않았을 것이다. 골프화를 신은 고갱이나 반 고흐나 피카소가 10번 홀의 그린 위에 무릎을 짚고 골똘히 잔디의 결을 가늠해보는 모습을 상상할 수 있는가? 없다. 그녀의 남편은 그냥 사라진 것이다. 24층과 26층 사이에서. 아마도 전혀 예정에 없던 어떤 사정 때문에(그때의 최우선 예정은 팬케이크를 먹는 것이었으니까). 일단 그런 가정 하에 이야기를 진행시켜나가자.

다시 소파에 앉아 손목시계를 들여다보았다. 1시 32분이다. 눈을 감고 의식의 초점을 뇌의 특정한 장소에 맞췄다. 그리고 아무 생각도 하지 않고 그대로 시간의 흐름에 몸을 맡겼다. 꿈쩍도 하지 않고, 그 흐름이 나를 어딘가로 실어갈 수 있도록. 그러고는 눈을 뜨고 손목시계를 보았다. 바늘은 1시 57분을 가리키고 있었다. 이십오 분이 어딘가로 사라졌다. 나쁘지 않아, 라고 나는 생각했다. 아무 쓸모없는 마모. 음, 나쁘지 않다.

다시 한 번 거울을 보았다. 그곳에는 평소와 똑같은 내가 있었다. 내가 오른손을 들자 그것은 왼손을 들었다. 내가 왼손을 들자 그것은 오른손을 들었다. 내가 오른손을 내리는 척하면서 얼른 왼손을 내리자 그것은 왼손을 내리는 척하면서 얼른 오른손을 내렸다. 아무 문제도 없다. 나는 소파에서 일어나 로비까지 25층의 계단을 걸어서 내려갔다.

그뒤로 매일 오전 11시경에 나는 그 계단으로 갔다. 맨션 관리인과 친해져서(선물로 과자상자를 들고 갔다) 그 건물에 자유롭게 출입할 수 있었다. 24층과 26층 사이의 계단을 도합 이백 번쯤 오르내렸다. 걷기에 지치면 층계참 소파에서 쉬면서 창문 너머로 하늘을 바라보고 거울 속의 내 모습을 점검했다. 나는 이발소에 가서 머리를 짧게 깎았고, 밀린 빨래를 해서 바지와 색깔이 맞는 양말을 신고 있었다. 그래서 누군가에게 은밀히 손가락질받을 가능성은 조금쯤 줄어들었을 것이다.

아무리 주의를 기울여 찾아봐도 흔적 같은 건 하나도 눈에 띄지 않았지만 그렇다고 실망하지는 않았다. 중요한 흔적을 찾아내는 일은 까다로운 동물을 길들이는 것과 비슷하다. 그리 쉽게 되는 게 아니다. 인내심과 주의력, 그게 이 작업에서 가장 중요한 자질이다. 그리고 물론 직관도.

매일 그곳에 드나들면서, 계단을 이용하는 또 다른 사람들이 있다는 것을 알았다. 그리 많은 수는 아니지만 몇몇 사람이 일상적으로 그 층계참을 지나가거나 혹은 이용하는 것으로 보였다. 소파 발밑에 캔디 포장지가 떨어졌고 재떨이에 말보로 담배꽁초가 남았고 다 읽은 신문이 버려진 것으로 그렇게 추측할 수 있었다.

일요일 오후, 계단을 뛰어서 올라오는 남자와 마주쳤다. 서른 살은 넘은 듯한 우락부락한 얼굴의 자그마한 남자로 초록색 러닝웨어에 아식스 운동화를 신었다. 큼직한 카시오 손목시계도 찼다.

"안녕하세요?" 나는 말을 건넸다. "잠깐 괜찮을까요?"

"네, 괜찮아요." 남자는 그렇게 말하고 손목시계의 버튼을 눌렀다. 그리고 몇 번 크게 숨을 쉬었다. 나이키 마크가 찍힌 탱크톱의 가슴 부분이 땀에 젖어 있었다.

"항상 이 계단을 뛰어다녀요?" 나는 물었다.

"올라갈 때는 뛰어가요, 32층까지. 하지만 내려올 때는 엘리베이터를 이용합니다. 계단을 뛰어내려오는 건 위험하거든요."

"날마다?"

"아뇨, 회사에 나가야 하니 그렇게까지는 시간을 낼 수 없어요. 주말에 한꺼번에 몇 차례 왕복하죠. 평일이라도 일이 일찍 끝날 때는 뛰어올라가요."

"이 맨션에서 살아요?"

"물론이죠." 러너는 말했다. "17층에요."

"26층에 사는 구루미자와 씨, 혹시 아시는지."

"구루미자와 씨?"

"아르마니 금속테 안경을 썼고 증권사에서 트레이더로 일하고 항상 계단으로 오르내리는 분이에요. 키는 173센티. 나이는 마흔."

러너는 잠시 뒤에 생각이 난 모양이었다. "아, 그 사람? 알아요. 한 번 얘기한 적이 있어요. 뛰다 보면 이따금 마주치거든요. 소파에 앉아 있었던 적도 있고요. 엘리베이터가 싫어서 계단만 이용하는 분이죠?"

　"맞아요, 그 사람." 나는 말했다. "근데 평소에 이 계단을 이용하는 사람이 구루미자와 씨 말고 또 있어요?"

　"네, 있어요." 그는 말했다. "그리 많지는 않지만 계단을 단골로 이용하는 사람들이 있습니다. 엘리베이터를 별로 좋아하지 않는 사람들이죠. 나 말고도 가끔씩 계단을 이용해 러닝하는 사람이 두 명 정도. 근처에 괜찮은 조깅 코스가 없어서 대신 이 계단을 이용하는 거예요. 러닝까지는 아니지만 건강을 위해 걸어다니는 사람도 몇 명 있고요. 이 계단이 널찍하고 환하고 깨끗해서 다른 고층맨션에 비해 많이들 이용하는 것 같아요."

　"그런 사람들의 이름을 혹시 알고 있나요?"

　"아뇨." 러너는 말했다. "서로 얼굴쯤은 알지만, 마주치면 그냥 가볍게 인사나 하는 정도예요. 이름이나 집까지는 모르죠. 아무래도 도시의 큰 맨션이다 보니."

　"그렇군요. 고마워요." 나는 말했다. "한참 달리시는데 붙잡고 있어서 미안해요. 파이팅입니다."

　남자는 스톱워치의 버튼을 누르고 다시 계단을 뛰어올라갔다.

　화요일에 내가 그 소파에 앉아 있으려니 한 노인이 계단을 내려왔다. 백발에 안경을 썼고 나이는 칠십대 중반으로 보였다. 긴소

매 와이셔츠에 회색 바지, 샌들을 신었다. 옷이 깔끔하고 구김 하
나 없었다. 키가 크고 자세도 반듯하다. 퇴직한 지 얼마 안 된 초
등학교 교장선생님처럼 보였다.

"안녕하시오?" 그가 말했다.

"네, 안녕하세요?"

"여기서 담배 좀 피워도 되겠소?"

"네, 물론입니다. 여기 앉으십시오." 나는 대답했다.

그는 내 옆자리에 앉아 바지주머니에서 세븐스타를 꺼내 성냥
으로 불을 붙였다. 그리고 그 성냥개비는 재떨이에 버렸다.

"나는 26층에 살아요." 그는 담배 연기를 천천히 뱉고 나서 말
했다. "아들 부부와 함께 사는데 담배를 피우면 집 안에서 냄새가
난다고 해서, 한 대 피우고 싶을 때는 여기로 나오지요. 댁은 담배
피워요?"

담배 끊은 지 십이 년째라고 나는 말했다.

"나는 담배를 끊어도 괜찮아요. 어차피 하루에 몇 개비밖에 안
피우니까 마음만 먹으면 언제라도 끊을 수 있지요." 노인은 말했
다. "근데 담배 사러 바깥에 나가기도 하고, 일부러 계단까지 나
와서 한 대 피우기도 하고, 그런 자질구레한 일거리가 생기는 덕
분에 하루하루가 수월하게 지나가요. 운동도 되고 잡념도 털어버
리고."

"말하자면 건강을 위한 끽연이시군요." 내가 말했다.

"아주 딱 맞는 말이오." 노인은 진지한 얼굴로 말했다.

"26층에 사신다고 하셨지요?"

"그렇소만."

"그럼 혹시 2609호에 사는 구루미자와 씨를 아십니까?"

"예, 알지요, 안경 쓰신 분. 솔로몬 브라더스에 다닌다고 했던가?"

"메릴린치." 나는 정정해주었다.

"아, 그렇지, 메릴린치." 노인은 말했다. "몇 번 여기서 얘기한 적이 있어요. 그이도 이따금 이 벤치에 앉아 있었으니까."

"구루미자와 씨는 이 벤치에서 뭘 하고 있었지요?"

"글쎄, 나는 모르지요. 그냥 멍하니 있었던 거 아닌가? 담배는 안 피우는 거 같았으니까."

"뭔가 생각에 잠겨 있었다든가?"

"흠, 잘 모르겠네, 어떤 차이가 있는지. 멍하니 있는 것과 생각에 잠겨 있는 것. 사람이야 늘 뭔가를 생각하지요. 우리는 결코 생각하기 위해 사는 것은 아니지만 그렇다고 살기 위해 생각하는 것도 아닌 모양이에요. 파스칼의 설과는 반대되는 얘기 같지만, 우리는 어떤 때는 오히려 스스로를 살리지 않으려는 목적으로 생각을 하는 수가 있어요. 멍하니 있다…… 그건 그런 반작용에 무의식적으로 순응하려는 것인지도 모르지요. 어쨌든 어려운 문제올시다."

노인은 그렇게 말하고 담배연기를 깊이 들이마셨다.

나는 다시 물어보았다. "구루미자와 씨가 회사 일이 힘들다든가 집안에 뭔가 문제가 있다든가, 혹시 그런 얘기는 하지 않았습니까?"

노인은 고개를 가로저으며 담뱃재를 재떨이에 떨었다. "아시다시피 모든 물은 주어진 최단거리를 따라 흘러가요. 하지만 어떤 경우에는 물 자체가 최단거리를 만들어내지요. 인간의 사고란 그러한 물의 기능과 흡사해요. 나는 항상 그런 인상을 품고 살아왔어요. 하지만 댁의 질문에는 대답해야겠지요? 나와 구루미자와 씨는 그런 사적인 얘기는 한 번도 한 적이 없어요. 그저 가볍게 세상 돌아가는 이야기나 했지. 날씨라든가 맨션의 규약이라든가, 그런 정도."

"네, 그렇군요." 나는 말했다. "시간 내주셔서 고맙습니다."

"때로 우리에게는 말이 필요가 없어요." 노인은 말했다. 내 인사말이 들리지 않은 것처럼. "하지만 한편으로 말이란 두말할 것도 없이 항상 우리의 개입이 필요하지요. 우리가 없어지면 말은 존재 의미가 없어요. 그렇죠? 그건 영원히 말해지는 일이 없는 말이 되어버리고, 말해지는 일이 없는 말은 더는 말이 아니겠지요."

"맞는 말씀이십니다."

"이건 수없이 되풀이해서 생각할 가치가 있는 명제올시다."

"선禪의 공안公案 깨달음을 구하기 위해 참선하는 수행자에게 과제로 제기되는 부처나 큰 스승의 파격적인 문답 또는 언행처럼."

"오호, 바로 그거야." 노인은 말하고 고개를 끄덕였다.

담배를 한 대 다 피우고 노인은 자리에서 일어나 집으로 갔다.

"잘 지내시우." 그는 말했다.

"안녕히 가십시오." 나는 말했다.

금요일 오후 2시 조금 지나서 25층과 26층 사이의 층계참에 올라갔을 때, 소파에 조그만 여자애가 앉아 거울에 비친 자신의 모습을 보며 노래하고 있었다. 초등학교에 갓 입학한 나이로 보였다. 핑크색 티셔츠에 짧은 데님바지를 입었고, 초록색 작은 배낭을 등에 메고 모자는 무릎 위에 내려놓았다.

"안녕?" 나는 말했다.

"안녕하세요?" 여자애는 노래를 멈추고 말했다.

실은 그 아이 옆에 앉고 싶었지만, 누군가 지나가다가 이상한 의심이라도 할까봐 아이와 거리를 두고 창가 벽에 기대서서 이야기했다.

"학교 끝났어?" 나는 물어보았다.

"학교 얘기는 하고 싶지 않은데요." 여자애가 말했다. 양보의 여지가 없는 말투였다.

"그럼 학교 얘기는 하지 말자." 나는 말했다. "너, 이 맨션에서 살아?"

"네, 여기 살아요." 여자애는 말했다. "27층."

"혹시 계단으로 걸어다니니?"

"엘리베이터는 냄새가 나서요." 여자애가 말했다.

"엘리베이터는 냄새가 나서 27층까지 걸어다니는구나."

여자애는 거울 속 자신의 모습을 향해 크게 고개를 끄덕였다. "항상은 아니지만, 가끔씩."

"다리 아프지 않아?"

여자애는 내 질문에는 대답하지 않았다. "아저씨, 이 맨션 계단 거울 중에서 이 거울이 제일 예쁘게 보여요. 그리고 우리 집 거울 하고는 진짜 다르게 보여요."

"어떻게 다르다는 거지?"

"직접 보세요." 여자애가 말했다.

나는 한 걸음 나아가 거울을 마주하고 그곳에 비친 내 모습을 잠시 바라보았다. 말을 듣고 보니 그 거울 속의 내 모습은 평소에 다른 거울로 보던 내 모습과 약간 다른 것 같기도 했다. 거울 저 편의 나는 이쪽 편의 나보다 조금 더 통통해서 얼마간 낙관적으

로 보였다. 이를테면…… 따뜻한 팬케이크를 마음껏 먹고 난 뒤
처럼.

"아저씨, 개 키워요?"

"아니, 개는 안 키우는데. 열대어라면 기르고 있어."

"그렇구나." 여자애는 말했다. 하지만 열대어에는 별로 흥미가
없는 모양이었다.

"개를 좋아하니?" 나는 물었다.

그녀는 거기에는 대답하지 않고 다른 질문을 했다. "아저씨, 아
이는 있어요?"

"아이는 없어." 나는 대답했다.

여자애는 의심 가득한 눈빛으로 내 얼굴을 보았다. "아이가 없
는 사람하고는 얘기하면 안 된다고 우리 엄마가 그랬어요. 그런
사람은 확률적으로 이상한 사람이 많대요."

"꼭 그런 건 아니지만, 아무튼 낯선 사람은 조심하는 게 좋아.
엄마 말씀이 맞다." 나는 말했다.

"근데 아저씨는 아마, 이상한 사람 아닌 거 같은데?" 여자애는
말했다.

"응, 아닌 거 같아."

"갑자기 고추를 꺼내지 않죠?"

"그런 짓 안 해."

"여자애 팬티를 수집하지도 않죠?"

"그런 짓 안 해."

"뭔가 모으는 거 있어요?"

나는 잠시 생각에 잠겼다. 현대시 초판본을 수집하고 있지만, 그런 건 여기서 얘기해봤자 별 의미가 없을 것 같았다. "딱히 수집하고 있는 건 없네. 너는?"

그녀도 거기에 대해 잠시 생각에 잠겼다. 그러고는 고개를 몇 번 가로저었다. "나도 뭐, 수집하는 건 없는 거 같아요."

우리는 그러고는 잠시 입을 다물고 있었다.

"아저씨, 미스터 도넛에서 어떤 도넛을 제일 좋아해요?"

"올드패션." 나는 즉석에서 대답했다.

"그런 것도 있어요?" 여자애가 말했다. "이름 진짜 이상해. 내가 좋아하는 건 '따끈따끈 풀문 도넛'하고 '버니크림 도넛'이에요 _{'올드패션' 외에는 실재하지 않는 도넛.}"

"둘 다 난 들어본 적도 없는데?"

"안에 크림필링하고 팥 앙금이 잔뜩 들어있는 거. 진짜 맛있어요. 우리 엄마는 단것 많이 먹으면 머리 나빠진다고 잘 안 사주지만."

"와아, 맛있겠다." 나는 말했다.

"근데 아저씨는 여기서 뭐하고 있어요? 어제도 여기 있었죠,

언뜻 봤는데." 여자애가 물었다.

"이 근처에서 뭘 좀 찾고 있어."

"뭘 찾는데요?"

"나도 잘 모르겠다." 나는 솔직하게 말했다. "아마 문門 같은 걸 거야."

"문?" 여자애는 말했다. "어떤 문인데요? 문도 여러 가지 모양이나 색깔이 있잖아요."

나는 생각에 잠겼다. 어떤 모양이냐고? 어떤 색깔이냐고? 그러고 보니 지금까지 문의 모양이나 색깔에 대해서는 생각해본 적이 없었다. 이상한 일이다. "잘 모르겠네. 대체 어떤 모양에 어떤 색깔일까. 근데 어쩌면 그건 문이 아닌지도 모르겠다."

"어쩌면 우산 같은 것일 수도 있겠네요?"

"우산?" 나는 말했다. "그래, 그게 우산이어서는 안 될 이유도 없을 것 같다."

"우산과 문은 모양도 크기도 역할도 너무 다르잖아요."

"진짜 다르지. 하지만 이건 척 보면 알 수 있어. 아, 맞다, 이게 내가 찾던 거다, 하고. 그게 우산이든 문이든 도넛이든."

"흠." 여자애는 말했다. "아저씨는 그걸 오래오래 찾고 있었어요?"

"응, 아주 오래오래. 네가 태어나기 전부터 쭈욱."

"그렇구나." 그녀는 말했다. 그리고 잠시 자신의 손바닥을 바라보며 뭔가 생각하고 있었다. "나도 도와줄까요? 그거 찾는 거."

"도와준다면 정말 고맙지." 나는 말했다.

"문인지 우산인지 도넛인지 코끼리인지, 아무튼 뭔지 잘 알지 못하는 것을 찾으면 되는 거죠?"

"그렇지." 나는 말했다. "하지만 척 보면 그거라고 알아."

"재미있겠다." 여자애는 말했다. "하지만 오늘은 그만 가봐야 해요. 발레 레슨 받아야 하거든요."

"자, 그럼 이만." 나는 말했다. "이야기해줘서 정말 고마워."

"근데요, 아저씨가 좋아하는 도넛 이름, 다시 한 번 말해줄래요?"

"올드패션."

여자애는 아무래도 마음에 들지 않는다는 얼굴로 올드패션, 올드패션이라고 몇 번 중얼거렸다.

"안녕." 여자애가 말했다.

"안녕."

여자애는 자리에서 일어나 노래를 부르며 계단을 올라 사라졌다. 나는 눈을 감고 다시 한 번 시간의 흐름에 몸을 맡긴 채, 아무 쓸모없이 시간을 마모시켰다.

　토요일에 의뢰인에게서 전화가 걸려왔다.

　"남편을 찾았어요." 그녀는 댓바람에 그렇게 말했다. 인사도 전제도 없이.

　"찾았다고요?" 나는 되물었다.

　"네에, 어제 점심때쯤 경찰에서 연락이 왔어요. 센다이 역 대합실 벤치에서 자고 있는 걸 경찰이 데려와 보호 중이라는 거예요. 무일푼이었고 신분증 같은 것도 없었지만 이름과 주소와 전화번호를 서서히 기억해냈다는군요. 그래서 내가 즉각 센다이로 갔죠. 남편이 틀림없었습니다."

　"어떻게 센다이에?" 나는 물었다.

　"그건 본인도 몰라요. 정신이 들어보니 센다이 역 벤치에서 자고 있었고 역무원이 어깨를 흔들더라는 거예요. 돈 한 푼 없이 어떻게 센다이까지 갔는지, 이십 일 동안 어디서 뭘 했는지, 어떻게 먹고살았는지, 본인도 전혀 생각나지 않는 모양이에요."

　"옷차림은 어땠습니까?"

　"집을 나갈 때와 똑같았어요. 이십 일만큼의 수염이 자랐고 몸무게는 10킬로쯤 줄었더군요. 안경은 어디선가 잃어버린 모양이에요. 지금 센다이 병원에서 전화하는 거예요. 남편이 여기서 건강검진을 받고 있거든요. CT촬영이니 엑스레이니 정신과 문진 같은 거. 하지만 현재로서는 두뇌 활동도 회복되었고, 신체적으로도 별문제는 없다고 했어요. 다만 기억이 사라졌을 뿐이에요. 어머니 집에서 나와 계단을 올라간 것까지는 기억나는데 그다음부터는 아무것도 생각나지 않는대요. 하지만 내일은 어쨌든 남편을 데리고 도쿄로 돌아갈 수 있을 거예요."

"정말 다행이군요."

"지금까지 조사해주신 것에 대해서는 깊이 감사드려요. 하지만 일이 그렇게 되어서 이제 더 수고를 끼칠 필요가 없을 것 같네요."

"네, 아무래도 그런 것 같군요." 나는 말했다.

"처음부터 끝까지 뭐가 뭔지 모르겠는 일들만 연속으로 일어나서 아무래도 이해할 수 없는 점이 많지만, 무엇보다 남편이 건강하게 돌아왔고, 두말할 것도 없이 나한테는 그게 가장 중요한 일이죠."

"맞는 말씀이십니다." 나는 말했다. "그게 가장 중요하지요."

"그나저나 사례비 말인데요, 정말로 안 받으셔도 괜찮겠어요?"

"처음 만났을 때 말씀드린 대로 사례는 일절 받지 않겠습니다. 그러니 그 점에 대해서는 더는 신경쓰시지 않아도 괜찮아요. 마음은 고맙습니다만."

침묵이 흘렀다. 일단 내가 할 도리는 다 했으니 앞으로 딴소리 말아라, 라는 뜻의 쿨한 침묵이었다. 나도 미흡하나마 똑같은 침묵으로 대답하며 잠시 그 쿨한 느낌을 맛보고 있었다.

"그럼 잘 지내세요." 이윽고 그녀는 인사를 하고 전화를 끊었다. 그 인사말에는 이쪽을 딱하게 여기는 듯한 여운이 적잖이 담겨 있었다.

나도 수화기를 내려놓았다. 그러고는 잠시 새 연필을 손 안에서 슬슬 굴리며 새하얀 메모지를 노려보았다. 새하얀 메모지는 나에게 세탁소에서 방금 돌아온 새 시트를 떠올리게 했다. 새 시트는 나에게 그 위에서 기분 좋게 낮잠을 자는 성격 좋은 삼색고양이를 떠올리게 했다. 새 시트 위에서 낮잠을 자는 성격 좋은 삼색고양이라는 이미지는 내 기분을 얼마간 차분하게 가라앉혀주었다. 나는 기억을 더듬어 여자가 했던 말들을 하나하나 새하얀 메모지에 또박또박 써내려갔다. 센다이 역, 금요일 점심때쯤, 전화, 몸무게가 10킬로 감소, 옷차림 똑같음, 안경은 분실, 이십 일 동안의 기억 소멸.

이십 일 동안의 기억 소멸.

나는 연필을 책상 위에 내려놓고 의자에서 몸을 크게 젖혀 천장을 올려다보았다. 천장 보드에는 드문드문 불규칙한 무늬가 찍혀 있어서 실눈을 뜨고 지그시 쳐다보면 천체도처럼 보이기도 한다. 나는 그 가공의 별이 뜬 하늘을 올려다보며 건강을 위해 다시 낀 연가가 되어볼까 하고 생각했다. 머릿속에는 계단을 오르내리는 하이힐 소리가 아직도 희미하게 울리고 있었다.

"구루미자와 씨." 나는 천장 한 귀퉁이를 향해 소리내어 인사말을 건넸다. "현실 세계에 잘 돌아오셨습니다. 불안신경증의 어머님과 아이스피크 같은 하이힐의 부인과 메릴린치로 둘러싸인 아름다운 삼각형의 세계에."

나는 다시 어딘가 또 다른 장소에서 문인지 우산인지 도넛인지 코끼리인지의 모양을 한 것을 찾아다니리라. 어디가 됐든 그것이 발견될 것 같은 장소에서.

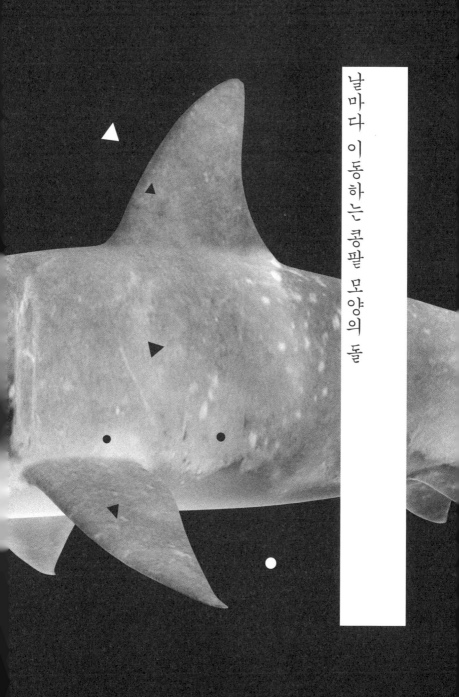

날마다 이동하는 콩팥 모양의 돌

　준페이가 열여섯 살 때, 아버지가 이런 말을 했다. 피를 나눈 부
모자식간이긴 하지만 무릎을 맞대고 도란도란 얘기하는 그런 스
스럼없는 사이도 아니었고, 아버지가 인생에 대해 철학적인(아마
도 철학적인) 소견을 밝힌 것은 무척 드문 일이었기 때문에 그때
의 대화는 선명한 기억으로 남아 있다. 어쩌다 얘기가 그런 쪽으
로 흘러갔는지는 전혀 생각나지 않지만.

　"남자가 평생 동안 만나는 여자 중에 정말로 의미 있는 여자는
세 명뿐이야. 그보다 많지도 않고 적지도 않아." 아버지는 말했
다. 아니, 단언했다고 표현해야 맞을 것이다. 아버지는 담담한 어
조로, 하지만 딱 잘라서 그렇게 말했다. 지구는 일 년 걸려 태양
주위를 한 바퀴 돈다, 라는 말을 하는 것처럼. 준페이는 말없이 그
이야기를 듣고 있었다. 갑작스럽게 그런 얘기를 듣고 내심 놀라기
도 했고, 적어도 그 시점에는 딱히 밝힐 만한 의견이라는 게 없었
기 때문이다.

　"그러니까 네가 앞으로 여러 여자를 사귀게 된다고 해도." 아버
지는 말을 이었다. "상대를 잘못 고른 것이라면 그건 쓸데없는 짓
일 뿐이야. 이건 잘 기억해두는 게 좋을 것이다."

　한참 나중에야 몇 가지 의문이 아직 나이 어린 아들의 머릿속에
떠올랐다. '아버지는 세 명의 여자를 이미 만났을까. 어머니는 그
중 한 사람일까. 그런 거라면 다른 두 여자와는 대체 어떤 일이 있

었을까.' 하지만 아버지에게 그런 질문은 하지 못했다. 처음에 했던 말을 또 하게 되는데, 아버지와 나는 가슴을 툭 터놓고 얘기할 만큼 스스럼없는 사이는 아니었기 때문이다.

열여덟 살 때 집을 떠나 도쿄의 대학에 입학했고 그뒤로 몇 명의 여자를 사귀었다. 그중 한 사람은 준페이에게 '정말로 의미 있는' 여자였다. 그것에 그는 확신을 품었고 지금도 마찬가지로 확신을 품고 있다. 하지만 그녀는 준페이가 그런 마음을 구체적인 형태로 내보이기도 전에(뭔가를 구체적인 형태로 내보이기까지 남들보다 시간이 걸리는 성격이다) 그의 가장 친한 친구와 결혼해버렸다. 지금은 이미 아이 엄마가 되었다. 그래서 그녀는 일단 인생의 선택지에서 제외하지 않으면 안 되었다. 마음을 굳게 먹고 그 존재를 머릿속에서 몰아내야 했다. 그 결과, 그의 인생에 남겨진 '정말로 의미 있는' 여자는—만일 아버지의 설을 그대로 받아들인다면— 이제 두 명만 남았다.

준페이는 새로 여자를 만날 때마다 스스로에게 묻는 버릇이 생겼다. 이 여자는 내게 정말로 의미 있는 사람인가. 그리고 그 물음은 항상 하나의 딜레마를 불러왔다. 즉 그는 새로 만난 사람이 '정말로 의미 있는' 여자이기를 기대하면서도(그런 기대를 하지 않는 사람이 있을까?), 동시에 한정된 카드를 인생의 너무 이른 단계에서 다 써버릴까봐 겁이 나기도 했던 것이다. 맨 처음 만난 소중한 사람과 이루어지지 못하는 바람에 준페이는 자신의 능력—적당한 시기에 적절하게 사랑을 구체화하는 매우 중요한 능력—에 적잖이 자신감을 잃었다. 결국 나는 시시한 것만 잔뜩 손에 넣고 인생의 가장 소중한 것은 번번이 놓쳐버리는 놈인지도 모른다. 그는 곧잘 그렇게 생각했다. 그리고 그때마다 그의 마음은 빛과 온기가 결락된 장소로 한없이 가라앉았다.

그런 까닭에 새로 만난 여자와 몇 달쯤 사귄 뒤에 그 인품이나 언동에 뭔가 하나라도, 어떤 사소한 것이라도 마음에 들지 않거나 거슬리는 점이 보이기 시작하면 그는 마음 한 구석에서 후우 하고 안도했다. 그 결과, 많은 여자들과 멀지도 가깝지도 않은 어중간한 관계를 이어나가는 게 인생의 하나의 정형이 되어버렸다. 상대를 탐색하듯 한동안 사귀다가 어느 지점에 도달하면 자연스럽게 관계를 정리한다. 헤어지는 참에 자존심 싸움이나 감정적인 말다툼 따위는 일단 없다. 아니, 그보다 평화롭게 관계를 정리할 수 없을 듯한 상대와는 아예 처음부터 만남을 피해버린다. 그렇게 입맛에 딱 맞는 상대를 선택하는 후각 같은 것을 준페이는 어느 샌가 몸에 익히고 있었던 것이다.

그런 능력이 원래 성격에서 파생되었는지 아니면 후천적으로 형성되었는지 그 자신도 판단이 되지 않았다. 하지만 만일 후천적인 것이라면 그건 아버지의 저주라 해도 무방할지 모른다. 그는 대학을 졸업할 즈음에 아버지와 심한 말다툼을 하고 그길로 일절 연락을 끊어버렸지만, 아버지가 주창한 '세 명의 여자' 설만은 그 근거에 대한 충분한 설명도 듣지 못한 채 일종의 강박관념이 되어 그의 인생에 줄곧 따라붙었다. 동성애 쪽으로 나가야 하나, 라고 반쯤 농담처럼 생각했던 일까지 있었다. 그렇게 하면 이 시답잖은 카운트다운에서 달아날 수 있을지도 모른다. 하지만 다행인지 불행인지 준페이는 여성에게밖에는 성적인 관심을 가질 수 없었다.

나중에야 알았지만 그때 만난 여자는 그보다 연상이었다. 서른여섯 살. 준페이는 서른한 살이었다. 에비스에서 다이칸야마로 향하는 길목에 아는 사람이 조그마한 프렌치레스토랑을 개업해서 그 개업파티에 초대되었다. 그는 진한 감색 페리엘리스 실크셔츠 위에 같은 색감의 여름용 재킷을 입고 나갔다. 거기서 만나기로 했던 친구가 갑자기 오지 못하는 바람에 그는 시간이 남아돌아 좀 난감하던 참이었다. 웨이팅 바의 스툴에 혼자 앉아 큼직한 유리잔에다 느긋하게 보르도 와인을 마셨다. 이제 슬슬 돌아가야겠다고 생각하고 인사나 하려고 레스토랑의 오너를 눈으로 찾아보는 참에 키가 훌쩍 큰 여자가 이름을 알 수 없는 보라색 칵테일이 담긴 잔을 손에 들고 그에게로 다가왔다. 자세가 매우 똑바르다, 라는 게 그녀의 첫인상이었다.

"당신이 소설가라고 저쪽에서 들었는데, 진짜?" 그녀는 바 카운터에 팔꿈치를 짚으며 그렇게 물었다.

"일단 그렇게 통하는 거 같긴 하던데." 그는 대답했다.

"일단 소설가인 거네?"

준페이는 고개를 끄덕였다.

"출간한 책은 몇 권쯤?"

"단편집 두 권에 번역서 한 권. 모두 별로 많이 팔리지는 않았지만."

그녀는 새삼 준페이의 겉모습을 점검했다. 그리고 대략 만족한 듯 미소를 지었다. "어쨌든 진짜 소설가를 만난 건 난생처음이라서."

"잘 부탁합니다."

"잘 부탁합니다." 그녀도 말했다.

"하지만 소설가를 만나봤자 별로 재미있을 것도 없는데." 준페이는 변명하듯이 말했다. "무슨 특별한 재주를 부리는 것도 아니니까. 피아니스트라면 피아노를 치고 화가라면 잠깐 스케치라도 하고 마술사라면 간단한 마술을 보여주고……. 하지만 소설가는 당장은 아무것도 못 해."

"그래도 뭐랄까, 예술적인 오라 같은 걸 느낄 수 있다든가, 그런 게 있지 않을까?"

"예술적 오라?" 준페이는 말했다.

"일반인에게서는 찾아보기 힘든 광채 같은 거."

"매일 아침마다 면도하면서 거울 속의 내 얼굴을 보긴 하는데, 그런 건 한 번도 발견한 적이 없어."

그녀는 친근하게 웃었다. "어떤 종류의 소설을 쓰지?"

"사람들이 자주 그런 질문을 하는데, 종류를 설명하는 건 좀 어려워. 특정한 장르에 딱 들어맞는 소설이 아니라서……."

그녀는 칵테일 잔의 가장자리를 손끝으로 쓸었다. "그렇다면 그건 이른바 순수문학 같은 거?"

"그럴 거야. '행운의 편지' 같은 여운이 그 단어에서 느껴지긴 하지만."

그녀는 다시 웃었다. "근데 내가 당신 이름을 들어본 적이 있을까?"

"문예지 읽어본 적 있어?"

그녀는 가볍게, 하지만 단호하게 고개를 저었다.

"그렇다면 들어본 적 없을 거야. 일반인에게는 전혀 유명하지 않으니까." 준페이는 말했다.

"아쿠타가와상 후보에 오른 적 있어?"

"오 년 동안 네 번."

"근데 수상을 못 했어?"

그는 그저 조용히 미소를 지었다. 그녀는 따로 허락을 청하지 않고 옆자리 스툴에 앉았다. 그리고 남은 칵테일을 홀짝였다.

"상관없어, 상이라는 건 어차피 업계의 기대치대로 가는 거잖아." 그녀는 말했다.

"실제로 상을 탄 사람이 분명하게 그렇게 말해주면 나름대로 리얼리티가 있을 텐데."

그녀가 이름을 밝혔다. 기리에라고 했다.

"어째 미사곡의 일부 같은데?" 준페이가 말했다.

그녀를 바라보니 준페이보다 2, 3센티는 키가 큰 것 같았다. 짧게 자른 머리에 어느 한 군데 빠짐없이 까무잡잡하게 햇볕에 그을렸고 두상이 무척 예뻤다. 연한 초록색 마재킷에 무릎길이의 플레어스커트를 입었다. 재킷 소매는 팔꿈치까지 둘둘 걷어올렸다. 안에 입은 심플한 면블라우스의 깃에는 작은 청록색 브로치가 달려 있었다. 가슴은 크지도 않고 작지도 않다. 옷차림이 세련되고 무리가 없는 데다 자신만의 스타일 같은 것이 엿보였다. 입술은 도톰해서 뭔가 말을 마칠 때마다 펼쳐지거나 오므라들었다. 덕분에 그녀에 관한 모든 것이 신비로울 만큼 생생하고 신선하게 보였다. 이마가 넓고, 뭔가 생각할 때는 거기에 가로로 세 개, 평행으로 주름이 졌다. 생각이 끝나면 그 주름은 말끔히 사라진다.

준페이는 그녀에게 마음이 끌리는 것을 깨달았다. 그녀 안에 있는 뭔가가 그의 마음을 종잡을 수 없이, 하지만 집요하게 자극했다. 아드레날린을 얻은 심장이 은밀한 신호를 보내듯이 작은 소리를 내며 뛰었다. 갑자기 갈증을 느끼고 준페이는 지나가는 웨이터에게 페리에를 부탁했다. 이 여자는 나에게 의미 있는 상대일까. 그는 언제나처럼 그렇게 생각했다. 남겨진 두 명 중의 한 명일까. 2구째 스트라이크일까. 그냥 보내야 할까 아니면 스윙을 해야 할까.

"원래부터 작가가 되고 싶었어?" 기리에가 물었다.

"그랬지. 아니, 그보다 다른 뭔가가 되고 싶었던 적이 없어. 다른 선택지는 생각도 못 했어."

"한마디로, 꿈이 이루어진 거네?"

"글쎄, 난 아주 뛰어난 작가가 되고 싶었는데." 준페이는 양손을 펼쳐 30센티 정도의 공간을 만들었다. "그 사이에 아직은 상당히 거리가 있는 것 같아."

"누구에게나 출발점이라는 게 있어. 아직 앞날이 창창하잖아. 처음부터 완전한 건 있을 수 없어." 그녀는 말했다. "당신, 지금 몇 살?"

거기에서 두 사람은 서로 나이를 밝혔다. 그녀는 자신이 연상이라는 것에 전혀 신경쓰지 않는 것 같았다. 준페이도 신경쓰지 않앉다. 그는 어느 쪽인가 하면 어린 여자보다 성숙한 여자가 더 취향에 맞는다. 게다가 대부분의 경우, 헤어질 때도 상대가 연상인 경우가 더 편하다.

"어떤 일을 하고 있어?" 준페이가 물었다.

기리에는 입술을 한일자로 꾹 다물고 처음으로 진지한 표정을 보였다. "자, 나, 무슨 일 하는 사람처럼 보여?"

준페이는 잔을 흔들어 레드와인을 한 바퀴 빙글 돌렸다. "힌트 좀 줘."

"힌트 없음. 아, 어려운가? 하지만 관찰하고 판단하는 게 당신이 하는 일이잖아."

"그건 아냐. 관찰하고 관찰하고 또 관찰하면서 판단은 가능한 한 뒤로 미루는 게 소설가의 올바른 자세야."

"아, 그러셔?" 그녀는 말했다. "그럼 관찰하고 관찰하고 또 관찰해서 상상해봐. 그런 거라면 당신의 직업윤리에 저촉되지 않지?"

준페이는 고개를 들어 상대의 얼굴을 새삼 주의 깊게 바라보았다. 그리고 거기에 서려 있는 비밀의 사인을 읽어보려고 했다. 그녀는 준페이의 눈을 똑바로 바라보고 그도 상대의 눈을 똑바로 바라보았다.

"근거 없는 상상일 뿐이지만, 뭔가 전문직일 거 같은데?" 잠시 뒤에 그는 말했다. "누구라도 할 수 있는 일이 아니라 특수한 기능이 필요한 일."

"그건 정확히 맞혔어. 분명 누구나 할 수 있는 일은 아니지. 맞는 말이야. 하지만 좀더 구체적으로 꼭 집어서 말해줄래?"

"음악 관련?"

"노."

"의상 디자인?"

"노."

"테니스 선수?"

"노." 그녀가 말했다.

준페이는 고개를 가로저었다. "갈색 피부에 몸매는 탄탄하고, 팔에는 근육이 있어. 자주 야외스포츠를 하러 나가는 건가. 하지만 옥외에서 노동하는 것처럼은 보이지 않는데? 분위기상으로."

기리에는 재킷 소매를 걷어올리더니 드러난 양쪽 팔을 카운터에 올려놓고 뒤집어 살피고 있었다.

"좋아, 제법 비슷한 지점까지 온 것 같아."

"하지만 정답은 알려주지 않겠다?"

"작은 비밀이라는 건 매우 소중한 거야." 기리에는 말했다. "관찰하고 상상하는 직업적인 기쁨을 빼앗아서는 안 되잖아. 다만 한가지, 힌트를 주지. 내 경우도 당신과 똑같아."

"나하고 똑같다니?"

"원래부터, 아주 어렸을 때부터 원했던 것을 직업으로 삼았다는 거야. 당신의 경우와 똑같아. 이 자리에 오기까지 결코 간단한 여정은 아니었지만."

"다행이네." 준페이는 말했다. "그건 아주 중요한 일이지. 직업이라는 것은 본래 사랑의 행위여야 해. 편의상 하는 결혼 같은 게 아니라."

"사랑의 행위." 기리에는 감탄한 듯이 말했다. "그거 멋진 비유다."

"근데 내가 당신 이름을 들어본 적이 있을까?" 준페이는 물었다.

그녀는 고개를 가로저었다. "들어본 적 없을 거야. 일반인에게 전혀 유명하지 않으니까."

"누구에게나 출발점이라는 게 있지."

"맞는 말씀." 기리에가 웃으며 말했다. 그러고는 진지한 얼굴이 되었다. "하지만 내 경우는 당신과는 달리 처음부터 완전한 것이 요구돼. 실패는 허용되지 않아. 완전하거나 아니면 제로거나. 거기에 중간이란 없어. 다시 하는 것도 안 되고."

"그것도 힌트구나."

"아마도."

웨이터가 샴페인 잔을 얹은 쟁반을 들고 돌아다녀서 그녀가 그

134

중 두 잔을 집어들었다. 그리고 준페이에게 하나를 건네며 "건배"라고 말했다.

"우리 두 사람의 전문직을 위해." 준페이는 말했다.

그리고 두 사람은 잔을 마주쳤다. 가벼운 비밀 같은 소리가 났다.

"근데 결혼은 했어?"

준페이는 고개를 가로저었다.

"나도." 기리에가 말했다.

그날 그녀는 준페이의 집에서 밤을 보냈다. 프렌치레스토랑에서 선물로 받아온 와인을 마시고 섹스를 하고, 잤다. 준페이가 다음 날 아침 10시 넘어서 눈을 떴을 때, 그녀는 이미 없었다. 옆자리 베개에 우묵한 자국 하나가 마치 빠져나간 기억 같은 형태로 남아 있을 뿐이었다. '일이 있어서 갈게. 혹시 그럴 생각이 있으면 연락해.' 메모가 베갯머리에 남겨져 있었다. 그리고 휴대전화 번호가 적혀 있었다.

그는 그 번호에 전화를 했고 두 사람은 토요일 저녁에 만났다. 레스토랑에서 식사를 하고 가볍게 와인을 마시고 준페이의 집에 와서 섹스를 하고 나란히 누워 잤다. 아침이 되자 다시 지난번처럼 그녀는 사라지고 없었다. 일요일이었지만 역시 '일이 있어서 사라질게'라는 간결한 메모가 남겨져 있었다. 기리에가 어떤 일을 하는지 준페이는 아직도 알지 못했다. 하지만 아침 일찍부터 시작하는 일이라는 건 확실했다. 그리고 그녀는—최소한 경우에 따라서는— 일요일에도 근무한다.

두 사람은 얘깃거리가 떨어지는 일이 없었다. 기리에는 머리가 뛰어나고 이야기를 잘했다. 화제도 풍부했다. 그녀는 어느 쪽인가 하면 소설 이외의 책을 더 좋아했다. 전기傳記나 역사, 심리학, 일반 독자를 위해 쓴 과학서 등을 즐겨 읽었다. 그리고 그런 분야에 대한 지식을 깜짝 놀랄 만큼 풍부하게 갖고 있었다. 한번은 조립식 주택의 역사에 대해 너무도 정밀한 지식을 풀어놓는 바람에 준페이는 화들짝 놀랐다. 조립식 주택? 혹시 건축과 관련된 일을 하는 거야? 노, 라고 그녀는 말했다. "나는 어떤 것이든 그야말로 실제적인 것에 관심이 있어. 그뿐이야."

하지만 그녀는 준페이의 단편소설집 두 권을 읽고 아주 훌륭한 작품이라고 말했다. 예상했던 것보다 훨씬 더 재미있었어, 라고.

"실은 은근히 걱정했어." 그녀는 말했다. "당신 소설이 전혀 재미없으면 어떻게 하나, 무슨 말을 해줘야 하나 하고. 근데 괜한 걱정이었어. 정말 재미있게 읽었어."

"다행이다." 준페이는 안도하며 말했다. 그녀의 요청에 따라 자신의 책을 건네줄 때, 그도 똑같은 걱정을 했던 것이다.

"이건 그저 하는 공치사가 아니야." 기리에는 말했다. "당신에게는 특별한 것이 있는 것 같아. 뛰어난 작가가 되기 위해 필요한 뭔가. 분위기는 조용하지만 몇몇 작품은 특히 생생하게 표현되었고 문장도 아름다웠어. 그리고 무엇보다 균형이 잘 잡혀 있어. 사실 나는 다른 무엇보다 우선 균형을 가장 중요하게 생각해. 음악이든 소설이든 그림이든. 그리고 균형이 잘 잡히지 않은 작품이나 연주를 만나면, 즉 그다지 질이 좋지 않은 미완성의 작품을 만나면, 정말 속이 뒤집혀. 멀미하는 것처럼. 내가 콘서트에 가지 않는 것도, 소설은 거의 읽지 않는 것도 아마 그것 때문일 거야."

"균형이 어긋난 것을 덜컥 만날까 봐서?"

"응."

"그런 위험성을 피하기 위해 소설도 읽지 않고 콘서트에도 가지 않는다?"

"응."

"상당히 극단적인 의견처럼 들리는데?"

"내 별자리가 천칭자리야. 균형 잡히지 않은 것을 보면 도저히 참을 수가 없어. 아니, 참을 수 없다기보다……." 그녀는 정확한 말을 찾아내려고 잠시 입을 다물었다. 하지만 그 말은 찾아지지 않았다. 대신 그녀는 잠정적인 한숨을 쉬었다. "그건 어찌됐건, 내 느낌으로는 당신이 언젠가 아주 길고 스케일이 큰 소설을 쓸 것 같아. 그리고 그걸로 좀더 무게 있는 작가가 될 거야. 시간은 좀 걸릴지도 모르지만."

"나는 원래부터 단편소설 작가야. 장편소설에는 적합하지 않
아." 준페이는 메마른 목소리로 말했다.

"그래도 그럴 거야."

준페이는 굳이 다른 의견은 말하지 않았다. 그저 조용히 에어컨
바람 소리에 귀를 기울였다. 실제로 그는 지금까지 몇 번 장편소
설에 도전했다. 하지만 그때마다 중도에 펜을 내려놓곤 했다. 이
야기를 만들어가는 집중력을 장기간에 걸쳐 유지하는 게 영 쉽지
않았다. 처음 시작할 때는 그야말로 멋진 이야기를 써낼 수 있을
것 같다. 문장은 생생하게 살아 숨쉬고 작가로서의 장래는 약속된
것처럼 보인다. 이야기는 저절로 쏟아져나온다. 그런데 앞으로 나
아갈수록 그 기세와 광채는 조금씩 조금씩, 하지만 눈에 띄게 시
들어간다. 쇠퇴일로, 이윽고 기관차가 속도를 떨어뜨리고 멈춰서
듯이 완전히 소멸해버린다.

두 사람은 침대 위에 있었다. 계절은 가을이다. 기나긴 친밀한
섹스를 마친 뒤여서 두 사람은 벌거숭이다. 기리에는 준페이의 품
에 어깨를 기대고 있었다. 침대 옆 탁자에는 화이트와인이 담긴
유리잔 두 개가 놓여 있었다.

"잠깐만." 기리에가 말했다.

"응?"

"준페이는 좋아하는 여자가 따로 있지? 어떻게 해도 잊을 수 없는 사람이."

"있지." 그는 말했다. "눈치챘어?"

"물론." 그녀는 말했다. "여자란 그런 것에 관해서는 아주 예리해."

"여자라고 모두 다 예리한 건 아닌 것 같은데."

"나도 **모든** 여자가 그렇다고 얘기한 건 아닌데."

"아, 그러셔?"

"하지만 그 여자와는 만날 수가 없구나?"

"저마다 사연이 있는 법이니까."

"그 사연이 해결될 가능성은 전혀 없어?"

준페이는 짧고 단호하게 고개를 저었다. "없어."

"꽤 복잡한 사연인 모양이네."

"복잡한지 어떤지는 모르겠어. 하지만 아무튼 사연이 있어."

기리에는 와인을 조금 마셨다.

"나한테는 그런 사람은 없어." 그녀는 중얼거리듯이 말했다. "그리고 준페이를 정말 좋아해. 마음이 자꾸 빠져들고 이렇게 둘이 있으면 엄청나게 행복하고 안정된 기분이 들어. 하지만 준페이와 함께 살 생각은 없어. 어때, 마음이 놓여?"

준페이는 그녀의 머리칼을 쓸어내렸다. 그는 기리에의 질문에 대답하는 대신 다른 질문을 했다. "그건 어째서?"

"어째서 내가 준페이와 함께 살 생각이 없느냐는 얘기?"

"응."

"궁금해?"

"조금." 그는 말했다.

"누군가와 일상적으로 깊은 관계를 맺는다는 게 나는 안 돼. 당신뿐만이 아니라 누구하고도." 그녀는 말했다. "나는 지금 내가 하는 일에 완전히 집중하고 싶어. 만일 누군가와 일상생활을 함께 하거나 그에게 감정적으로 깊이 빠져들면 분명 지금처럼 집중할 수 없을 거야. 그러니까 지금 이대로가 좋아."

준페이는 거기에 대해 잠시 생각해보았다. "즉 마음을 어지럽히고 싶지 않다?"

"맞아."

"마음을 어지럽히면 균형이 흐트러져서 당신의 일에 중대한 지장이 발생할 수 있다?"

"그렇지."

"그런 위험성을 피하기 위해 누구와도 함께 살지 않겠다?"

그녀는 고개를 끄덕였다. "적어도 지금 이 일을 하는 한."

"하지만 그게 어떤 직업인지 내게 알려주지는 않을 거고?"

"응. 준페이가 맞혀봐."

"도둑." 준페이는 말했다.

"노." 기리에는 진지하게 대답했다. 그러고는 재미있다는 듯 웃음을 터뜨렸다. "매력적인 추측이기는 하지만 도둑은 아침부터 일하지 않아."

"히트맨_{살인청부업자}."

"히트퍼슨." 그녀가 정정해주었다 "어쨌든 둘 다 노. 왜 그런 험악한 것들만 떠올릴까?"

"그럼 법의 테두리 안에 있는 직업이구나?"

"맞아." 그녀는 말했다. "그건 그야말로 법의 테두리 안에서 하는 거야."

"비밀수사관?"

"노." 그녀는 말했다. "이 얘기는 이걸로 끝. 그보다 당신 얘기를 듣고 싶어. 지금 당신이 쓰고 있는 글에 대한 얘기. 요즘 뭔가 쓰고 있지?"

"단편소설을 쓰고 있어." 준페이는 말했다.

"어떤 이야기야?"

"아직 끝까지 쓰지 않았어. 중간에 담배 한 대 피우려고 멈췄는데, 그냥 그대로."

"괜찮다면 그 중간까지의 줄거리를 듣고 싶은데." 그 말에 준페이는 입을 꾹 다물었다. 그는 집필 도중의 소설에 대해서는 그 내

용을 발설하지 않는 것을 규칙으로 삼고 있다. 그것은 징크스 같은 것이다. 일단 말로 입 밖에 내버리면 어떤 종류의 일들은 아침이슬처럼 가뭇없이 사라진다. 언어의 미묘한 차이는 얄팍한 묘사로 변해버린다. 비밀은 더는 비밀이 아니게 되어버린다. 하지만 침대 위에서 기리에의 짧은 머리칼을 쓰다듬으며, 그녀에게라면 말해도 좋을지 모른다고 준페이는 생각했다. 어차피 뭔가에 꽉 막혀버린 채 지난 며칠 동안 단 한 걸음도 나아가지 못하고 있었다.

"삼인칭 시점이고 주인공은 여자야. 나이는 삼십대 초반." 그는 이야기하기 시작했다. "솜씨 좋은 내과의사이고 큰 병원에 근무하고 있어. 독신이지만 같은 병원에 근무하는 사십대 후반의 외과의사와 비밀 연애 중이야. 상대는 유부남."

기리에는 그 인물을 상상하고 있었다. "그녀는 매력적이야?"

"충분히 매력적이지." 준페이는 말했다. "하지만 당신만큼은 아니야."

기리에는 한바탕 웃고 준페이의 목에 키스했다. "그거, 정답이네."

"정답이 꼭 필요할 때는 정답을 내려주기로 했어."

"특히 침대 위에서는?"

"특히 침대 위에서는." 그는 말했다. "아무튼 그녀는 휴가를 얻어 혼자서 여행을 떠났어. 계절은 바로 요즘 같은 때야. 산속 작은 온천여관에 머물면서 계곡물을 따라 여유롭게 산책을 해. 조류 관찰이 그녀의 취미거든. 특히 물총새 바라보는 걸 좋아해. 계곡을 따라 걷다가 그녀는 기묘한 돌 하나를 발견했어. 붉은 기가 감도는 검은 돌인데 반들반들하고 어쩐지 눈에 익은 모양새였어. 그게 콩팥과 똑같은 모양이라는 것을 이내 깨달았어. 일단 의료 전문가니까. 사이즈며 색감, 두께까지 실제 콩팥과 똑같은 거야."

"그래서 그녀는 그 콩팥 모양의 돌을 들고 돌아왔다?"

"응." 준페이는 말했다. "그녀는 그 돌을 병원 자신의 사무실에 가져가 문진으로 쓰기로 했어. 서류를 눌러두기에 딱 알맞은 크기, 딱 알맞은 무게였으니까."

"분위기상으로도 병원과 잘 어울리고."

"그렇지." 준페이는 말했다. "하지만 며칠 뒤, 그녀는 기묘한 사실을 깨달았어."

기리에는 조용히 그다음 이야기를 기다리고 있었다. 준페이는 듣는 사람의 애를 태우려는 듯이 잠시 뜸을 들였다. 하지만 의도적으로 애를 태우려던 게 아니었다. 실은 거기서부터 아직 줄거리가 만들어지지 않았다. 그 지점에서 그의 이야기는 진행을 멈췄다. 그 이정표 없는 교차점에 서서 그는 주위를 둘러보며 열심히 머리를 굴렸다. 이야기가 나아갈 길을 궁리했다.

"아침이면 그 콩팥 모양의 돌이 이동해서 다른 곳에 가 있는 거야. 그녀는 집에 돌아갈 때마다 사무실 책상 위에 돌을 올려놓고 갔어. 꼼꼼한 성격이라 항상 핀 포인트처럼 똑같은 자리야. 그런데도 어느 날 아침에는 돌이 회전의자 위에 올라와 있었어. 또 어느 날은 화병 옆에 와 있고, 어느 날은 바닥에 굴러떨어져 있어. 처음에는 자신이 착각했는지도 모른다고 생각했지. 그리고 그다음에는 자신의 기억 시스템에 어떤 이변이 일어났는지도 모른다고 의심했어. 사무실 문은 잠겨 있어서 아무도 들어온 사람이 없었을 테니까. 물론 경비원은 열쇠를 갖고 있어. 하지만 그 경비원은 오래전부터 근무하던 사람이고, 남의 사무실에 마음대로 들어올 리 없었어. 게다가 그가 매일 밤마다 그녀의 사무실에 침입해 문진 대신 쓰는 돌의 위치를 옮겨놓고 나갈 이유가 없잖아. 진료실의 다른 물건에는 별다른 이상이 없었어. 아무것도 없어지지 않았고 어떤 것에 손을 댄 흔적도 없었어. 오로지 돌의 위치만 달라져 있을 뿐이야. 그러니 그녀는 당황할 수밖에 없었어. 당신은 어떻게 생각해? 그 돌은 어째서 밤사이에 자리를 바꿔 이동하는 걸까?"

"그 콩팥 돌은 자신의 의지를 갖고 있는 거야." 기리에는 딱 잘라 말했다.

"콩팥 돌은 대체 어떤 의지를 갖고 있을까."

"콩팥 돌은 그녀를 뒤흔들고 싶은 거야. 조금씩 조금씩, 시간을 들여 뒤흔들어 놓으려는 거지. 그게 콩팥 돌의 의지야."

"콩팥 돌은 어째서 그녀를 뒤흔들고 싶은 걸까."

"글쎄." 그녀는 말했다. 그리고 킥킥 웃었다. "의사를 뒤흔드는 돌의 의지 일본어에서 의사, 돌, 의지는 모두 '이시'로 발음하는 동음이의어."

"농담하지 말고." 준페이는 지친 목소리로 말했다.

"그건 당신이 결정할 일 아니야? 당신이 소설가니까. 그리고 나는 소설가가 아니잖아. 나는 그냥 들어주는 사람."

준페이는 얼굴을 찌푸렸다. 집중해서 머리를 굴린 탓에 관자놀이 안쪽이 욱신거렸다. 와인을 너무 많이 마셨는지도 모른다. "생각이 잘 정리되질 않아. 나는 책상 앞에 앉아서 손을 움직여 실제로 글을 쓰지 않으면 줄거리가 움직여주지를 않아. 조금만 더 기다려줄래? 당신에게 이야기하다 보니까 어쩐지 그다음이 써질 듯한 느낌이 들어."

"좋아." 기리에는 말했다. 손을 뻗어 화이트와인 잔을 들더니 조금 마셨다. "기다릴게. 근데 이 얘기, 엄청나게 재미있을 것 같아. 그 콩팥 돌이 결국 어떻게 되는지, 결말을 꼭 알고 싶어."

그리고 그녀는 몸을 돌려 예쁜 모양의 젖가슴을 그의 옆구리에 댔다.

"준페이, 이 세계의 온갖 것들은 의지를 갖고 있어." 작은 목소리로 그녀는 고백하듯이 말했다. 준페이는 잠에 빠져들고 있었다.

대답할 수 없었다. 그녀가 하는 말은 밤공기 속에서 문장으로서의 형태를 잃고 희미한 와인 향기에 섞여 그의 의식 깊은 곳에 은밀히 와닿았다. "이를테면 바람은 의지를 갖고 있어. 우리는 평소에 그런 것을 깨닫지 못한 채 살아가지. 하지만 어느 순간, 그것을 저절로 깨닫게 돼. 바람은 단일한 의지를 갖고 당신을 감싸고 당신을 뒤흔들어. 바람은 당신의 내면에 있는 모든 것을 다 알고 있어. 바람뿐만이 아니야. 온갖 다양한 것들이. 돌도 그중 하나겠지? 그들은 우리를 아주 잘 알아. 하나에서 열까지 모두 다. 어느 순간이 찾아오고, 우리는 그것을 문득 깨달아. 우리는 그런 것들과 함께 살아나갈 수밖에 없어. 그런 것들을 받아들여서 우리는 살아남고 그리고 점점 더 깊어져가는 거야."

그로부터 약 닷새 동안 준페이는 두문불출하고 책상 앞에 앉아 콩팥 모양의 돌 이야기를 써내려갔다. 기리에가 예언했듯이 콩팥 돌은 그 여의사를 조용히 뒤흔들었다. 시간을 들여 조금씩 조금씩, 하지만 확실하게. 도시의 평균적인 호텔 방 한 칸에서 연인과 저녁나절 황망하게 몸을 섞을 때, 그녀는 상대의 등에 은밀히 손을 얹고 콩팥의 형태를 손끝으로 더듬어본다. 자신의 콩팥 돌이 그곳에 잠복한 것을 그녀는 알고 있다. 그 콩팥은 그녀가 연인의 몸속에 심어둔 비밀스러운 통보자인 것이다. 손바닥 밑에서 그 콩팥은 벌레처럼 꿈틀거린다. 그리고 그녀에게 콩팥적인 메시지를 보내온다. 그녀는 콩팥과 대화하고 교류한다. 그 미끈거림을 손바닥에 느낄 수 있다.

　밤마다 자리를 이동하는 까만 콩팥 돌의 존재에 그 여의사는 조금씩 익숙해져간다. 그것을 서서히 자연스러운 것으로 받아들인다. 돌이 밤사이에 어디로 옮겨가 있어도 더는 놀라지 않는다. 병원에 출근하면 그 돌을 사무실 어딘가에서 발견하고 다시 책상 위의 제자리에 돌려놓는다. 그것이 아무런 위화감 없는 일상적인 습관이 된다. 그녀가 그 사무실에 있는 동안, 돌은 움직이지 않는다. 양지쪽에서 곤하게 잠든 고양이처럼 얌전히 한자리에 머물러 있다. 그녀가 문을 잠그고 나가면 눈을 뜨고 이동을 시작한다.

　틈날 때마다 그녀는 손을 뻗어 그 매끈한 검은 표면을 살며시 쓰다듬는다. 그러면 점점 돌에서 눈을 뗄 수가 없다. 최면술에라도 걸린 것처럼. 그녀는 점차 다른 일에 대한 흥미를 잃어간다. 책도 읽지 못한다. 스포츠센터에 다니는 것도 관뒀다. 진료에 대한 집중력은 가까스로 유지하고 있지만 그 이외의 사고는 타성적이고 그때그때 임시로 때우는 것일 뿐이다. 동료와의 대화도 별 재미가 없다. 옷차림에도 신경을 쓰지 않는다. 식욕도 뚜렷하게 감퇴한다. 연인의 품에 안기는 것조차 이제는 번거롭기만 하다. 주위에 아무도 없을 때, 그 돌에게 작은 소리로 말을 건네고 돌이 전하는 언어 아닌 언어에 귀를 기울인다. 고독한 사람들이 개나 고양이에게 말을 건네는 것처럼. 콩팥 모양의 검은 돌이 이제는 그녀의 생활 대부분을 지배한다.

이 돌은 외부에서 온 물체가 아니구나……. 이야기를 써내려가는 사이에 준페이는 그것을 깨달았다. 중요한 건 그녀의 내부에 있는 뭔가였다. 그녀 안의 뭔가가 콩팥 모양의 검은 돌을 활성화시킨 것이다. 그리고 그것은 그녀에게 어떤 구체적인 행동을 취할 것을 원했다. 그러기 위한 신호를 끊임없이 보내고 있었다. 밤마다 자리를 바꿔 이동하는 방식으로.

그 단편소설을 쓰면서 준페이는 기리에에 대해 생각했다. 그녀가(혹은 그녀 안에 있는 뭔가가) 이 이야기를 풀어나가고 있다, 라고 느꼈다. 왜냐하면 그는 애초에 현실과 동떨어진 그런 이야기는 쓸 생각이 없었기 때문이다. 준페이가 머릿속에 막연하게나마 준비해두었던 것은 좀더 고요하면서도 편안한, 심리소설적인 스토리라인이었다. 거기서 돌은 마음대로 장소를 옮기는 짓은 하지 않았다.

여의사의 마음은 아마도 가정 있는 외과의사 연인에게서 멀어져갈 것이다, 라고 준페이는 예상했다. 어쩌면 그를 미워하기 시작할지도 모른다. 그녀는 아마도 무의식중에 그렇게 되기를 원했던 것이리라.

그런 식으로 전체적인 흐름이 보이기 시작하자 그다음 이야기를 쓰는 것은 비교적 수월했다. 준페이는 말러의 가곡을 작은 소리로 반복재생하여 들으면서 컴퓨터 앞에서 소설의 결말 부분을, 그로서는 상당히 빠른 속도로 써내려갔다. 그녀는 마음을 독하게 먹고 외과의사 연인과 헤어진다. 이제 더는 당신과 만날 수 없어, 라고 상대에게 고한다. 더 이야기해볼 여지는 없느냐, 라고 그는 묻는다. 전혀 없어, 라고 그녀는 딱 잘라 대답한다. 휴일에 도쿄만에 나가 페리호 갑판에서 콩팥 돌을 바다에 버린다. 그 돌은 깊고 어두운 바다 밑바닥을 향해, 지구의 중심을 향해, 곧장 가라앉는다. 그녀는 다시 한 번 새로운 인생을 살아보기로 결심한다. 돌을 내버리고 나니 한결 홀가분해진 듯한 기분이다.

하지만 다음 날 병원에 출근했을 때, 콩팥 돌이 책상 위에서 그녀를 기다린다. 그것은 정확히 제자리에 앉아 있다. 검고 묵직하게, 콩팥 모양 그대로.

소설을 끝내자마자 기리에에게 전화했다. 그녀는 아마도 이 작품을 읽고 싶어할 것이다. 그것은 어떤 의미에서 그녀가 만들어낸 작품이니까. 하지만 전화는 연결되지 않았다. "지금 거신 번호는 없는 번호입니다. 다시 한 번 확인한 뒤에 걸어주십시오." 녹음된 목소리가 말했다. 준페이는 몇 번이고 다시 걸어보았다. 하지만 결과는 마찬가지였다. 그 전화번호에는 접속할 수 없었다. 그녀의 휴대전화에 뭔가 문제가 생겼는지도 모른다, 라고 그는 생각했다.

준페이는 가능한 한 집을 비우지 않으며 기리에에게서 연락이 오기를 기다렸다. 하지만 아무 소식도 없었다. 그렇게 한 달이 지났다. 한 달이 두 달이 되고, 두 달이 세 달이 되었다. 계절은 겨울로 바뀌고 이윽고 새해가 찾아왔다. 그가 쓴 단편소설은 2월호 문예지에 실렸다. 문예지 신문광고의 목차에는 준페이의 이름과 '날마다 이동하는 콩팥 모양의 돌'이라는 제목이 인쇄되어 있었다. 기리에가 이 광고를 보고 문예지를 구입해 작품을 읽어보고 자신의 느낌을 말해주기 위해 연락할지도 모른다. 준페이는 그 가능성에 기대를 걸었다. 하지만 그저 침묵만 첩첩 쌓여갈 뿐이었다.

자신의 생활 속에서 그녀의 존재가 사라지자 준페이의 마음은 예상했던 것보다 훨씬 더 거센 아픔을 느꼈다. 기리에가 남기고 간 결락은 그를 뒤흔들었다. 하루에도 몇 번씩 '그녀가 지금 여기 있으면 좋을 텐데'라고 생각했다. 기리에의 미소, 그녀가 했던 말, 품에 안았을 때의 살갗의 감촉이 그리웠다. 좋아하는 노래도, 마음에 드는 저자의 신간도 그의 마음을 달래주지 못했다. 모든 것이 머나먼 곳의 남의 일처럼 느껴졌다.

기리에가 두번째 여자였는지도 모르겠다, 라고 준페이는 생각했다.

그가 기리에를 다시 만난 것은 초봄의 어느 날 오후였다. 아니, 정확히 말하면 직접 만난 것은 아니다. 기리에의 목소리를 들은 것이다.

준페이는 택시 안에 있었고 도로는 꽉 막혀 있었다. 젊은 운전기사가 FM 방송을 켜놓고 있었다. 거기에서 그녀의 목소리가 들려온 것이다. 준페이는 처음에는 그다지 확신을 가질 수 없었다. 어딘가 비슷한 목소리구나, 라는 정도였다. 하지만 들으면 들을수록 그것은 기리에의 목소리, 기리에의 말투였다. 억양이 매끄럽고 아주 편안한 상태로 말한다. 숨을 고르는 방식에서도 그녀만의 특징이 보였다.

"그거, 소리 좀 크게 해줄래요?"

"좋죠." 운전기사는 말했다.

그것은 방송국 스튜디오에서의 인터뷰였다. 여자 아나운서가 그녀에게 질문하고 있었다.

"……그러면 어렸을 때부터 역시 높은 곳을 좋아하셨어요?" 아나운서가 물었다.

"네." 기리에는—혹은 그녀와 목소리가 꼭 닮은 여자는— 대답했다. "철들 무렵부터 이미 높은 곳에 올라가는 게 좋았어요. 높으면 높을수록 마음이 편안해져요. 그래서 늘 높은 빌딩에 가자고 부모님을 조르곤 했죠. 수상한 어린애였어요." (웃음)

"그래서 결국 그런 일을 시작하시게 됐군요?"

"처음에는 증권회사에서 애널리스트로 일했어요. 하지만 그런 일이 내게 맞지 않는다는 것을 실감했죠. 그래서 삼 년여 만에 퇴사하고, 먼저 고층빌딩 유리창닦이부터 시작했어요. 원래는 건축 현장의 높은 비계 위에서 일하고 싶었는데 거기는 아무래도 마초적인 분위기의 업계라서 여자는 쉽게 받아주지 않더라고요. 그래서 우선 유리창닦이 아르바이트부터 시작했죠."

"증권회사 애널리스트에서 유리창닦이로 전업한 셈이네요?"

"저는 솔직히 그게 더 마음 편해요. 주가와는 달리, 떨어져도 나 하나만 떨어지면 되니까요." (웃음)

"고층빌딩 유리창닦이라면 곤돌라를 타고 옥상에서부터 스르륵 내려오는 그건가요?"

"네, 그거예요. 물론 안전로프에 의지해 일하지만 아무래도 그걸 풀고 닦아야 하는 곳도 있어요. 근데 나는 그런 거, 상관없었어요. 아무리 높은 곳이라도 전혀 무섭지 않거든요. 그래서 여기저기서 사랑을 좀 받았죠."

"등반 쪽으로는 시도해보지 않으셨어요?"

"산에는 별로 흥미가 없어요. 주위에서 권해서 몇 번 올라가봤는데, 아니더라고요. 아무리 높은 산이라도 재미있다는 생각이 들질 않아요. 내가 흥미를 느끼는 건 직립한 인공적 고층건물뿐이에요. 왜 그런지는 모르겠지만."

"현재는 도쿄에서 고층빌딩 유리창 전문 청소회사를 경영하고 계시지요?"

"그렇습니다." 그녀는 말했다. "아르바이트로 돈을 모아 육 년쯤 전에 작은 회사를 시작했어요. 물론 내가 직접 현장에 나가서 일하지만 그래도 사장인 셈이죠. 그러면 다른 사람의 지시 없이 내 마음대로 규칙을 정할 수 있어서 편리해요."

"마음대로 안전벨트를 풀 수 있어서요?"

"네, 딱 맞히셨어요." (웃음)

"안전벨트 매는 거, 별로 좋아하시지 않는군요?"

"네, 그건 어쩐지 내가 아닌 듯한 느낌이 들어요. 마치 뻣뻣한 코르셋을 입은 것 같아서." (웃음)

"높은 곳을 정말로 좋아하시는군요."

"네, 좋아해요. 높은 곳에 올라가는 게 내 천직이에요. 그것 말고 다른 직업은 생각해본 적이 없어요. 직업이라는 것은 본래 사랑의 행위여야만 해요. 편의상 하는 결혼 같은 게 아니라."

"여기서 잠시 음악 한 곡 듣고 갈까요? 제임스 테일러가 노래하는 '업 온 더 루프'." 아나운서가 말했다. "외줄타기에 대한 그다음 이야기, 음악 듣고 와서 계속 이어집니다."

음악이 흐르는 틈에 준페이는 고개를 내밀어 운전기사에게 물었다. "이 사람, 대체 뭘 하는 사람이죠?"

"높은 건물과 건물 사이에 밧줄을 걸고 그 위를 건너가는 사람이래요." 운전기사가 설명했다. "균형을 잡기 위한 기다란 봉 하나만 들고서. 무슨 퍼포먼스 같은 건가 봐요. 나는 고소공포증이라서 유리로 된 엘리베이터만 타도 겁이 나던데. 진짜 별난 사람이라고 할까, 아무튼 좀 특이하죠? 나이도 적지 않은 여자인 것 같은데."

"그게 직업이라고요?" 준페이는 물었다. 자신의 목소리가 바짝 말라서 무게를 잃은 것을 깨달았다. 마치 머리 위 천장 틈새에서 들려오는 다른 누군가의 목소리 같았다.

"네, 여기저기서 후원을 받아 하는 모양이에요. 지난번에는 독일의 무슨 유명한 대성당에서 했대요. 좀더 높은 고층빌딩에서 하고 싶은데 당국에서 좀체 허가를 내주지 않는다고 하더라고요. 그 정도로 높으면 안전 그물망도 별로 도움이 되지 않으니까요. 그래서 조금씩 실적을 쌓아 차근차근 좀더 높은 곳에 도전할 거랍니다. 하긴 외줄타기만 해서는 먹고살 수 없으니까 평소에는 아까 말했던 것처럼 빌딩 유리창닦이 회사도 하는가 봐요. 같은 외줄타기라도 서커스 같은 데서 일하는 건 싫답니다. 오로지 고층건물에만 관심이 있대요. 진짜 특이해요."

　"무엇보다 멋진 것은 그곳에 있으면 나라는 인간이 변화한다는
거예요." 그녀는 인터뷰어에게 말했다. "아니, 그보다 변화하지
않고서는 살아남을 수 없어요. 높은 곳에 올라서면 그곳에 있는
것은 단지 나와 바람뿐이에요. 그것 말고는 아무것도 없어요. 바
람이 나를 감싸고, 나를 뒤흔들어요. 그렇게 바람이 나라는 존재
를 이해합니다. 동시에 나는 바람을 이해하고요. 그리고 우리는
서로를 받아들이고 함께 살아가기로 결정하는 거예요. 나와 바람
뿐, 그밖에 다른 것은 끼어들 여지가 없어요. 내가 좋아하는 건 바
로 그런 순간이죠. 아뇨, 공포감은 없어요. 일단 높은 곳에 발을
내딛고 그 집중 속에 빠져버리면 공포감은 사라집니다. 우리는 친
밀한 공백 속에 함께 존재해요. 나는 그런 순간이 세상 무엇보다
좋은 거예요."

　인터뷰어가 기리에의 말을 이해했는지 어떤지, 준페이는 알 수
없었다. 하지만 어찌됐든 기리에는 담담하게 말을 이어갔다. 인터
뷰가 끝났을 때, 준페이는 택시를 세우고 내렸다. 그리고 목적지
까지, 남은 길을 걸었다. 이따금 높은 빌딩을 올려다보고, 흘러가
는 구름도 보았다. 바람과 그녀 사이에는 어느 누구도 끼어들 수
없다는 것을 그는 깨달았다. 거기서 그가 느낀 것은 강한 질투의

감정이었다. 하지만 대체 무엇을 상대로 질투를 하는가. 바람에게? 대체 어느 누가 바람에게 질투를 할까.

준페이는 그로부터 몇 달 동안, 기리에로부터의 연락을 기다렸다. 그녀와 만나 둘이서 다양한 이야기를 하고 싶었다. 콩팥 모양의 돌에 대해서도 이야기하고 싶었다. 하지만 전화는 오지 않았다. 그녀의 휴대전화 번호는 여전히 '없는 번호'였다. 여름으로 접어들 즈음에는 그도 결국 희망을 버렸다. 기리에는 이제 더는 그를 만날 생각이 없는 것이다. 그렇다, 자존심 싸움이나 감정적인 말다툼도 없이 두 사람의 관계는 평화롭게 끝이 났다. 생각해보면 그것은 그가 긴 시간 동안 다른 여자들에게 해온 것과 똑같은 짓이었다. 언제부턴가 전화가 걸려오지 않는다. 그렇게 해서 모든 것이 조용하게, 자연스럽게 끝나버린다.

그녀를 카운트다운에 포함시켜야 할까. 세 명의 의미 있는 여자 중 한 명으로 쳐야 할까. 준페이는 그 점에 대해 꽤 많이 고민했다. 하지만 결론은 나지 않았다. 앞으로 반년만 더 기다려보자고 그는 생각했다. 반년 후에 결정하자고.

그 반년 동안 그는 집중적으로 많은 단편소설을 썼다. 그리고 책상 앞에서 문장을 다듬으면서, 기리에는 지금쯤 바람과 함께 높은 곳에 올라가 있을 거라고 생각했다. 내가 이렇게 책상 앞에 앉아 혼자 소설을 쓰는 동안, 그녀는 누구보다 높은 곳에 홀로 서 있

는 것이다. 안전로프를 풀고서. 일단 그 집중 속에 빠져버리면 공
포감은 없습니다. 다만 바람과 내가 있을 뿐입니다. 준페이는 곧
잘 그녀의 말을 떠올렸다. 그리고 자신이 기리에에게, 다른 여자
에게는 한 번도 느낀 적이 없는 특별한 감정을 품게 된 것을 깨달
았다. 명료한 윤곽을 가진, 확실한 촉감이 있는, 깊디깊은 감정이
었다. 그 감정에 어떤 이름을 붙여야 할지 준페이는 아직 알지 못
한다. 하지만 적어도, 다른 어떤 것으로도 바꿀 수 없는 감정이다.
이제 두 번 다시 기리에를 만나지 못한다 해도 이 감정은 언제까
지나 그의 마음속에, 혹은 뼛속 같은 곳에 남아 있을 것이다. 그는
언제까지고 몸속 어딘가에서 기리에의 결락을 느끼며 살아갈 것
이다.

　그해가 저물어갈 무렵, 준페이는 결단을 내렸다. 그녀를 두번째
여자로 하자. 기리에는 그에게 '정말로 의미 있는' 여자 중의 한
명이었던 것이다. 투 스트라이크. 이제 남은 건 한 명이라는 얘기
가 된다. 하지만 그의 내면에 이제 공포는 없었다. 중요한 것은 숫
자가 아니다. 카운트다운에는 아무런 의미도 없다. 중요한 것은
누군가 한 사람을 전적으로 받아들이고자 하는 마음이다, 라고 그
는 이해한다. 그리고 그것은 항상 처음이자 마지막이어야 하는 것
이다.

　같은 무렵, 여의사의 책상 위에서는 콩팥 모양의 검은 돌이 자취를 감춘다. 그녀는 어느 날 아침, 그 돌이 더는 그곳에 존재하지 않는다는 것을 깨닫는다. 그것은 두 번 다시 돌아오지 않을 것이다. 그녀는 그걸 안다.

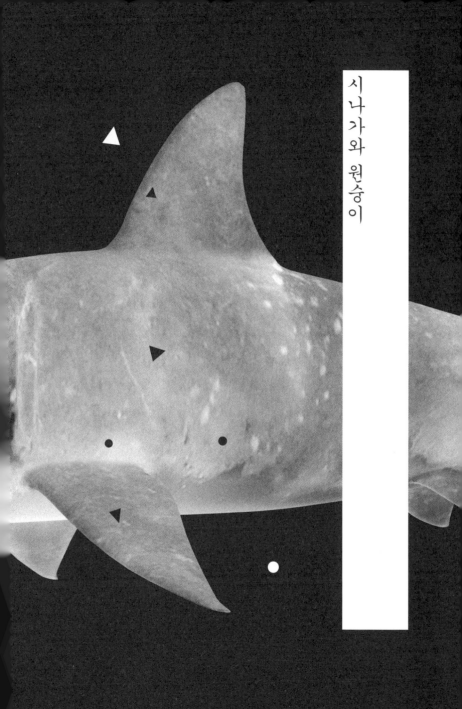

시나가와 원숭이

　이따금 자신의 이름이 생각나지 않았다. 대부분 누군가 갑작스럽게 이름이 뭐냐고 물을 때였다. 이를테면, 부티크에서 원피스를 샀는데 소매 길이를 고치게 되어 점원에게 "실례지만, 손님 성함이?"라는 질문을 받았을 때. 혹은 직장에서 전화를 받아 한바탕 업무에 관한 이야기를 나눈 끝에 "근데 성함을 다시 한 번 말씀해주시겠습니까?"라는 질문을 받았을 때. 그런 때에 돌연 기억이 사라져버리는 것이다. 자신이 누구인지 알 수가 없다. 그래서 이름을 알아내려고 지갑을 꺼내 운전면허증을 확인해야 하고, 당연한 일이지만 그때마다 상대가 의아한 얼굴로 쳐다보거나 혹은— 기묘한 정적이 휑하니 뚫리면서— 전화 너머에서 이상하게 여기게 된다.

　자신 쪽에서 의식해서 먼저 이름을 말할 때는 그런 '이름 잊어버리기'는 일어나지 않는다. 나름대로 마음의 준비가 되어 있을 경우에는 문제없이 기억을 관리할 수 있는 것이다. 그런데 일이 바쁠 때나 전혀 경계하지 않고 있을 때 갑작스럽게 이름이 무엇이냐는 질문이 날아오면 마치 누전차단기가 탁 내려진 것처럼 머릿속이 하얘진다. 어떻게 해봐도 이름이 나오지 않는다. 실마리를 찾아보려고 하면 할수록 그녀는 그 윤곽 없는 공백에 먹혀버린다.

　생각나지 않는 건 단 한 가지, 자신의 이름뿐이었다. 가까운 사람들의 이름을 잊어버리는 일은 전혀 없었다. 자신의 주소도 전화

번호도 생일도 여권번호까지도 잊어버리지 않았다. 친한 친구의 전화번호, 업무와 관련된 중요한 전화번호들은 거의 다 외워서 줄 줄 말할 수 있었다. 옛날부터 기억력은 나쁘지 않은 편이었다. 생각나지 않는 건 오로지 자신의 이름뿐인 것이다. 이름 잊어버리기가 시작된 것은 일 년쯤 전부터지만 그 이전에는 그런 일은 한 번도 없었다.

그녀의 이름은 '안도 미즈키'. 결혼 전 이름은 '오자와 미즈키'. 둘 다 딱히 독창적인 이름이라고 할 수 없고 드라마틱한 이름이라고도 할 수 없다. 하지만 그렇다고, 바쁜 일상에 쫓겨 기억이 깜빡깜빡하는 건 어쩔 수 없지 않느냐, 라고 대수롭지 않게 넘어갈 수는 없는 일이다. 어떻든 다른 것도 아니고 자신의 이름이니까.

그녀가 '안도 미즈키'가 된 건 삼 년 전 봄이다. 그녀는 '안도 다카시'라는 이름의 남자와 결혼했고, 그 결과 안도 미즈키라는 이름을 쓰게 되었다. 처음 한동안은 안도 미즈키라는 이름이 영 익숙해지지 않았다. 글자꼴도 그렇고 소리의 느낌도 약간 안정감이 떨어지는 것 같았다. 하지만 수없이 입에 올리고 자주 사인도 하다 보니 차츰 안도 미즈키도 그리 나쁘지 않았다. 이를테면 '미즈키 미즈키'라든가 '미키 미즈키'라든가, 자칫하면 그런 말장난 같은 이름을 써야 하는 상황도 있을 뻔했으니까(그녀는 짧은 기간이나마 실제로 '미키'라는 성을 가진 남자와 사귄 적이 있다), 그에 비하면 '안도 미즈키'는 그나마 괜찮은 편이 아닌가, 라고 생각했다. 그녀는 서서히 그 새 이름을 자신의 것으로 받아들였다.

하지만 일 년 전부터 그 이름이 돌연 달아나기 시작했다. 처음에는 한 달에 한 번 정도였는데 날이 갈수록 빈도가 늘어났다. 이제는 적어도 일주일에 한 번은 그런 일이 일어난다. '안도 미즈키'라는 이름이 일단 달아나버리면 그녀는 아무도 아닌 '이름 없는 한 여자'로 세상에 홀로 남겨진다. 지갑이 있을 때는 그나마 낫다. 운전면허증을 꺼내 보면 자신의 이름이 나오니까. 하지만 지갑을 잃어버린다면 그때는 자신이 누구인지 짐작도 못 하는 판이 될지도 모른다. 물론 이름을 일시적으로 잊어버린다고 해도 그녀는 그녀로서 그곳에 존재하는 것이고, 집 주소나 전화번호는 외우고 있으니 존재 자체가 제로가 되는 것은 아니다. 영화에 나오는 식의 전면적인 기억상실과는 얘기가 다르다. 하지만 자신의 이름이 생각나지 않는다는 건 역시 불편하고 불안한 일이었다. 이름을 잃은 인생은 마치 깨어날 실마리를 잃은 꿈처럼 느껴졌다.

그녀는 귀금속 가게에 가서 가늘고 심플한 은팔찌를 구입하고 거기에 이름을 새겨달라고 했다. '안도(오자와) 미즈키'라는 자신의 이름을. 주소도 전화번호도 없음. 그냥 이름만. 이건 영락없이 개나 고양이 같네, 라고 그녀는 자조적으로 생각했다. 그녀는 집에서 나올 때는 반드시 그 팔찌를 찼다. 자신의 이름이 생각나지

않으면 그 팔찌를 힐끔 쳐다보면 되는 것이다. 그러면 이름을 확
인하려고 일일이 지갑을 꺼내지 않아도 된다. 상대의 의아한 표정
을 볼 일도 없다.

자신이 일상적으로 이름을 잊어버리는 것을 그녀는 남편에게
털어놓지 않았다. 그런 말을 하면 남편은 "당신이 결혼생활에 불
만이나 위화감을 품고 있어서 그런 거 아니야?"라는 식으로 나올
게 뻔했다. 아무튼 그는 이론적으로 따지기를 좋아하는 사람이다.
악의가 있는 건 아니지만 어떤 일이든 당장 논리화하려고 든다.
그녀는 그런 식으로 어떤 일에 단정을 내리는 데는 영 소질이 없
었다. 게다가 남편은 달변가라서 말로는 쉽게 이겨먹을 수도 없
다. 그래서 이 일에 대해서는 아무 말 않기로 했다.

하지만 어찌됐건 남편이 하는(할 터인) 말은 잘못 짚은 것이라
고 그녀는 생각했다. 그녀는 결혼생활에 이렇다 할 불만이나 위화
감을 품고 있지 않다. 남편에게도—매사에 이론적으로 따지고 드
는 것이 때때로 지겹기는 하지만— 기본적으로 불만이 없고, 시
댁에 대해서도 딱히 부정적인 느낌은 없다. 시아버지는 야마가타
현의 사카타 시에서 개인병원을 하고 있다. 나쁘지 않은 사람들이
다. 사고방식에 다소 고루한 면은 있지만 남편이 둘째아들이다 보
니 이런저런 골치 아픈 얘기를 들을 일도 없다. 그녀는 나고야에
서 나고 자랐기 때문에 북쪽지방인 사카타 시의 겨울 추위와 세찬

바람이 약간 고생스럽기도 했지만 일 년에 한두 번 단기간으로 다녀오기에는 상당히 좋은 곳이다. 두 사람은 결혼한 지 이 년 만에 은행 대출을 끼고 도쿄 시나가와의 신축 맨션을 사들였다. 남편은 현재 서른 살, 제약회사의 연구실에서 근무하고 있다. 그녀는 스물여섯 살이고, 오타 구의 혼다 자동차 매장에서 일하고 있다. 전화가 오면 받고 손님이 찾아오면 소파에 안내해 커피나 차를 대접하고 복사가 필요하다면 복사도 해주고 서류의 아카이브 및 컴퓨터의 고객 리스트를 관리한다.

　그녀는 도쿄의 여자전문대학을 졸업한 뒤, 혼다 임원이던 큰아버지 소개로 이 매장에서 일하게 되었다. 결코 스릴 넘치는 일이라고는 할 수 없지만 책임감도 필요하고 나름대로 일하는 보람이 있다. 자동차 세일즈는 그녀의 업무 소관은 아니지만 세일즈 담당자가 모두 나가고 없을 때는 매장을 찾은 고객의 질문에 막힘없이 대답할 수 있다. 그들이 일하는 모습을 어깨 너머로 지켜보는 사이에 세일즈 요령을 자연스럽게 터득했고, 필요한 전문지식을 공부하기도 했다. 도저히 미니밴이라고 생각되지 않을 만큼 샤프한 '오디세이'의 핸들링에 대해 적극 홍보할 수도 있다. 각 모델별 연비를 줄줄 외워서 설명할 수도 있다. 말솜씨도 나름대로 뛰어나고 매력적인 웃음으로 상대의 경계심을 누그러뜨리는 것도 가능하다. 고객의 인품이나 성격을 간파해 전략을 유연하게 바꾸는 것도 가능하다. 실제로 계약 직전까지 간 적도 몇 번 있었다. 하지만 최종 단계에 이르면 유감스럽게도 세일즈 담당자에게 그 건을 넘겨주어야 했다. 임의로 가격을 깎아주거나 중고 가격을 산정하거나 옵션을 서비스해줄 권한이 그녀에게는 없었기 때문이다. 그녀가 계약을 거의 다 성사시켜도 마지막에는 세일즈 담당자가 나서서 일을 마무리하고 커미션을 가져간다. 그녀가 받는 보상은 기껏해야, 호박이 넝쿨째 굴러든 담당자에게 개인적으로 저녁을 대접받는 정도였다.

나한테 세일즈를 맡겨주면 좀더 많은 차를 팔 수 있고 영업소 전체의 실적도 지금보다 오를 텐데, 라고 그녀는 이따금 생각한다. 본격적으로 뛰어든다면 대학을 갓 졸업한 신입 세일즈맨보다 두 배는 매상을 올릴 수 있다. 하지만 아무도 "자네는 세일즈에 소질이 있어. 서류 정리나 전화 담당자로 썩히기에는 재능이 아까운걸. 앞으로 세일즈를 좀 맡아주겠나?"라고 말해주지는 않는다. 그게 회사라는 시스템이 돌아가는 방식인 것이다. 세일즈는 세일즈, 사무직은 사무직. 한 번 정해진 담당 직무의 기본 틀은 웬만해서는 깨지지 않는다. 게다가 그녀 쪽에서도 업무 영역을 넓혀 의욕적으로 경력을 쌓을 생각은 없었다. 그보다는 정해진 일을 9시부터 5시까지 하고 연차휴가도 꼬박꼬박 찾아먹으면서 개인적인 생활을 여유롭게 즐기는 편이 더 성격에 맞았다.

　직장에서 그녀는 아직도 결혼 전 이름을 쓰고 있었다. 얼굴을 아는 고객이나 거래처 사람들에게 일일이 개성改姓의 이유를 설명하기 번거롭다는 게 가장 큰 이유였다. 명함에도 가슴에 찬 이름표에도, 출퇴근카드에도 '오자와 미즈키'라는 이름이 적혀 있다. 다들 '오자와 씨'나 '미즈키 씨'라고 부른다. 그녀도 전화가 걸려오면 "네, 혼다 프리모 ×××지점의 오자와입니다"라고 이름을 댄다. 하지만 그것은 그녀가 '안도 미즈키'라는 이름을 거부하기 때문이 아니다. 그녀는 그저 사람들에게 결혼으로 성씨가 바뀌었다는 것을 설명하기가 귀찮아서 예전 이름을 미적미적 계속 쓰고 있을 뿐이다.

　그녀가 직장에서 예전 이름을 쓴다는 것은 남편도 알고 있지만 (간혹 직장에 전화하는 일이 있으니까) 그것에 대해 딱히 이의를 제기하지는 않았다. 그녀가 자신의 직장에서 어떤 이름을 쓰건 그것은 어디까지나 편의적인 문제에 지나지 않는다고 생각하는 것 같았다. 일단 전후맥락을 납득하기만 하면 별다른 잔소리는 하지 않는다. 그런 점은 편하다고 하면 편했다.

　자신의 이름이 머릿속에서 사라지는 것은 어쩌면 중대한 질병의 징후인지도 모른다. 그런 생각이 들자 미즈키는 역시 마음이 뒤숭숭했다. 이를테면 알츠하이머병일 수도 있다. 그밖에도 요즘 세상, 전혀 생각지도 못한 복잡하고 치명적인 질병이 널려 있다. 이를테면 근무력증이라든가 헌팅턴 무도병 같은 난치병이 있다는 것을 그녀는 바로 얼마 전까지도 전혀 알지 못했다. 그밖에도 그녀가 들어본 적도 없는 특수한 질병들이 수없이 많을 터였다. 그리고 그런 질병의 첫번째 징후는 대부분의 경우, 지극히 사소한 것이다. 기묘하지만 사소한 것—이를테면 어떻게 해도 자신의 이름이 생각나지 않는다든가……. 일단 생각하기 시작하자 지금 이러고 있는 동안에도 원인을 알 수 없는 병 덩어리가 몸속 어딘가에서 조용히 커나가고 있는 건 아닌지 걱정이 되어 견딜 수가 없었다.

미즈키는 종합병원에 가서 자신의 증상을 설명했다. 하지만 문진에 나선 젊은 의사(이 남자는 의사라기보다는 오히려 환자처럼 지쳐빠진 창백한 얼굴을 하고 있었다)는 그녀의 말을 진지하게 받아주지 않았다. "그래서요, 이름 외에도 잊어버리는 게 있습니까?"라고 의사는 물었다. 없다, 라고 그녀는 말했다. 현재로서는 잊어버리는 건 내 이름뿐이에요. "흠, 그렇다면 이건 아마 정신과 쪽일 겁니다." 의사는 관심과 동정이 결여된 목소리로 말했다. "혹시 자신의 이름 외에 다른 일까지 일상적으로 잊어버리는 증상이 나타나면 그때 다시 한 번 나오세요. 그 단계에서 전문적인 검사를 해보기로 하지요." 좀더 심각한 증상으로 고통받는 사람들이 너무나 많아서 우리는 그들을 돌보느라 날마다 눈코 뜰 새 없이 바빠요. 이따금 자신의 이름을 잊어버리는 것쯤이야 뭐 어떻습니까. 별일도 아니잖아요. 의사는 그렇게 말하고 싶은 눈치였다.

어느 날, 우편물과 함께 배달된 시나가와 구의 홍보지를 훑어보는데, 구청에서 '마음의 고민 상담실'을 개설한다는 기사가 눈에 들어왔다. 평소 같으면 그냥 넘어갔을 만큼 작은 기사였다. 일주일에 한 번, 전문 카운슬러가 저렴한 비용으로 일대일 상담을 해준다는 것이었다. 18세 이상의 시나가와 주민이라면 누구나 자유롭게 참가할 수 있습니다. 개인 정보는 철저히 보호되오니 안심하십시오. 구청에서 주관하는 카운슬링이 과연 얼마나 도움이 될지 좀 미심쩍기는 했지만, 어떻든 해봐야 알 일이다. 한번 가봐도 손해날 건 없어, 라고 미즈키는 생각했다. 자동차 매장은 주말에도 근무하는 대신 평일에는 비교적 시간이 자유로워서 구청이 지정해준 일정—일반 직장인에게는 매우 비현실적인 시간대다—에는 맞출 수 있다. 미리미리 예약해달라고 적혀 있어서 그녀는 담당 창구에 전화를 해보았다. 상담료는 삼십 분에 이천 엔이라고 했다. 그 정도라면 그녀도 별 부담 없이 낼 수 있다. 수요일 오후 1시로 예약을 마쳤다.

그 시각에 구청 3층의 '마음의 고민 상담실'에 가보니 그날은 그녀 외에는 상담하러 온 사람이 한 명도 없다고 했다. "이 프로그램이 급하게 편성되다 보니 아직 사람들이 잘 모르는 거 같아요." 접수처 여직원이 말했다. "알려지면 아마 많이들 올 거예요. 이렇게 한가한 때에 오시기를 참 잘하셨어요."

카운슬러는 사카키 데쓰코라는 이름의, 보기 좋게 통통한 사십대 후반의 자그마한 여자였다. 짧은 머리를 환한 갈색으로 염색했고 널찍한 얼굴에 호감 가는 웃음을 짓고 있었다. 연한 색감의 여름정장에 광택 있는 실크블라우스, 모조 진주목걸이, 그리고 굽이 없는 납작한 구두를 신었다. 카운슬러라기보다 주위 사람들을 잘 챙겨주는 친절한 이웃 아주머니처럼 보였다.

"실은 우리 남편이 여기 구청 토목과 과장이에요." 그녀는 수더분하게 자신을 소개했다. "그런 관계도 있고 해서 구의 보조를 받아 이렇게 구민 상담실을 열게 됐죠. 당신이 이 상담실 첫 손님. 잘 부탁해요. 오늘은 아직 사람들이 없어서 시간이 넉넉할 것 같으니까 우리, 찬찬히 실컷 얘기해봅시다." 아주 느긋한 말투였다. 서두르는 구석이라고는 전혀 없었다.

잘 부탁드립니다, 라고 미즈키는 말했다. '이런 상담사, 정말 괜찮을까.' 마음속으로 고개를 갸웃거리며.

"그래도 카운슬러 정식 자격도 있고 경험도 풍부하니까 그런 쪽으로는 걱정할 거 없어요. 든든하게 생각하시고 마음 푹 놓고

기대도 좋아요." 그녀는 미즈키의 마음속 목소리를 알아들은 것
처럼 다정하게 다독이는 말을 덧붙였다.

사카키 데쓰코는 사무용 철제책상 앞에 앉았고 미즈키는 그 앞
의 이인용 소파에 자리를 잡았다. 방금 전에 어딘가의 창고에서
급히 꺼내온 듯한 낡은 소파였다. 스프링은 느슨했고 퀴퀴한 먼지
냄새에 콧속이 좀 근질거렸다.

"원래는 좀더 괜찮은 침대의자 같은 게 있어야 카운슬링의 맛
이 나는데 현재로서는 그것밖에 없네. 어쨌든 관청이다 보니 뭘
하든 절차가 까다롭고 융통성이란 게 전혀 없다니까. 그런 거 싫
죠, 진짜. 다음에는 좀더 괜찮은 걸로 구해놓을 테니까 오늘만 좀
참아줘요."

미즈키가 그 골동품 같은 소파에 몸을 기대고 일상적으로 자신
의 이름을 잊어버리게 된 경위를 순서대로 설명하는 동안, 사카키
데쓰코는 말없이 고개를 끄덕이며 들어주었다. 질문도 하지 않았
고 놀라는 표정을 보이는 일도 없었다. 아예 아무 소리도 내지 않
았다. 미즈키의 이야기에 열심히 귀를 기울이고, 이따금 뭔가 생
각하듯이 심각한 얼굴이 되는 것을 빼고는 내내 봄날 저녁의 달님
처럼 은은한 미소를 입가에 띠고 있었다.

"팔찌에 이름을 새긴 건 아주 좋은 생각이었네." 미즈키가 이야
기를 마치자 카운슬러는 맨 먼저 그렇게 말했다. "적절하게 잘 대

처했어요. 우선 실제적으로 불편을 조금이라도 줄여나가는 것, 그게 무엇보다 중요하죠. 묘한 죄책감을 갖거나 고민에 빠지거나 허둥거리는 대신 현실적으로 문젯거리에 대응한 거예요. 당신, 제법 현명한 사람이네. 게다가 팔찌가 정말 예뻐요. 아주 잘 어울려."

"저어, 처음에는 자기 이름을 잊어버리고 그러다가 점점 뭔가 큰 병으로 이어지는 그런 사례는 없나요?" 미즈키는 물어보았다.

"글쎄요, 그런 제한적인 초기 징후를 보이는 질병은 별로 없는 걸로 알고 있어요." 카운슬러는 말했다. "하지만 그런 증상이 일 년여 사이에 조금씩 진행되었다는 건 약간 마음에 걸리는군요. 분명 그것이 첫 단추가 되어 차츰 다른 증상이 나타나거나, 혹은 기억의 결손 부위가 다른 곳으로 확대되는 일도 있을 수 있겠죠. 그러니 차근차근 얘기해나가면서 어서 빨리 그 출처 같은 걸 찾아내는 게 좋겠지요. 더구나 직장에도 나가는데 자기 이름이 생각나지 않으면 이래저래 불편한 일이 한두 가지가 아닐 거고."

사카키 카운슬러는 우선 미즈키의 생활에 대해 몇 가지 기본적인 질문을 했다. 결혼한 지 몇 년째인가. 직장에서는 어떤 일을 하는가. 건강 상태는 어떤가. 그리고 어린 시절의 이런저런 것에 대해서도 질문했다. 가족 구성에 대해, 학교에서의 생활에 대해. 즐거웠던 일, 별로 즐겁지 않았던 일. 남다르게 잘하는 것, 별로 잘하지 못하는 것. 미즈키는 하나하나의 질문에 가능한 한 솔직하고 간결하게, 그리고 정확하게 대답해나갔다.

그녀가 자란 곳은 극히 평범한 집안이다. 아버지는 대기업 생명 보험회사에 다녔다. 크게 부유한 편은 아니지만 그래도 경제적인 문제로 고생한 기억은 없다. 아버지 어머니에 언니 한 명. 아버지는 성실함으로 똘똘 뭉친 사람이고 어머니는 어느 쪽인가 하면 성격이 세심해서 자잘한 잔소리를 하곤 했다. 언니는 모범생 타입이지만, (미즈키의 시선으로 보자면) 약간 쩨쩨하고 제 실속만 차리는 면이 있었다. 하지만 가족과는 아직까지 별다른 문제없이 그럭저럭 좋은 관계를 유지해왔다고 생각한다. 크게 다투거나 하는 일은 전혀 없었다. 그녀 자신은 어느 쪽인가 하면 그리 눈에 띄지 않는 아이였다. 건강한 편이라 병치레를 한 적은 없지만 그렇다고 운동능력이 뛰어난 것도 아니었다. 외모에 대해 열등감을 가진 적은 없지만 딱히 남들에게 예쁘다는 소리를 들어본 적도 없다. 영리한 면이 없지는 않다고 스스로 생각하지만 그렇다고 딱히 어느 특정 분야에 뛰어난 것도 아니었다. 학교 성적도 중간쯤이었다. 뒤에서 세는 것보다 앞에서 세는 게 약간 빠른 정도. 학교 다닐 때는 친한 친구가 몇 명 있었는데 각자 결혼해서 사는 곳이 달라지자 요즘은 거의 만나지 못하고 있다.

지금의 결혼생활에도 별다른 불만은 없다. 처음 한동안은 남들도 다 겪는 시행착오가 좀 있었지만 둘이서 비교적 순조롭게 자신

174

들의 생활을 꾸려왔다. 남편은 물론 완벽한 사람은 아니지만(이를 테면 매사에 이론을 앞세우고, 옷 고르는 안목에도 문제가 좀 있다), 좋은 점도 많다(자상하고 책임감 강하고 깔끔하고 음식 투정 없고 우는소리를 하지 않는다). 직장에서의 인간관계에도 딱히 문제는 없다. 동료와도 상사와도 대체로 잘 지내고 있고, 스트레스 받을 일도 거의 없다. 물론 이따금 유쾌하다고 할 수 없는 일이 생기기도 하지만, 어쨌거나 좁은 장소에서 날마다 얼굴을 마주하다 보면 그런 정도의 문제는 일어나게 마련이라고 생각한다.

어쩌면 이렇게도 재미없는 인생인가. 미즈키는 자신의 과거와 현재에 대한 질문에 답하면서 새삼 탄식이 흘러나왔다. 생각해보니 그녀의 인생에서는 드라마틱한 요소라고는 거의 눈에 띄지 않는다. 영상물로 비유하자면, 수면을 유도할 목적으로 제작된 저예산 자연풍경 비디오 같다. 덤덤한 색조의 풍경이 그저 덤덤하게, 하염없이 이어진다. 장면 전환도 없고 클로즈업도 없다. 신나는 장면도 없고 우울한 장면도 없고 눈길을 끄는 에피소드 같은 것도 없다. 복선도 없고 시사점도 없다. 이따금 생각난 것처럼 카메라 앵글이 조금 달라질 뿐이다. 아무리 직업이라지만 이런 남의 이야기를 열심히 들어주자면 이 사람은 얼마나 따분할까, 카운슬러가 가엾어질 정도다. 무심결에 하품이 날 때는 없을까? 날마다 이런 이야기를 하염없이 들어야 한다면 나는 아마 어느 시점엔가 틀림없이 따분해서 죽고 말 것이다.

하지만 사카키 데쓰코는 열심히 미즈키의 이야기에 귀를 기울이며 볼펜으로 간결한 메모를 하고 있었다. 중간중간 필요에 따라 추가적인 질문을 했지만 그 이외에는 최대한 발언을 삼가고 미즈키의 이야기를 듣는 데에 의식을 집중하는 것 같았다. 그래도 어쩌다 한마디씩 할 때마다 그녀의 온화한 목소리에서는 진정 어린 깊은 관심이 느껴졌다. 따분해하는 기색은 전혀 보이지 않았다. 그리고 그 특징적인 느릿느릿한 목소리를 듣고 있는 것만으로도 미즈키는 묘하게 마음이 차분해졌다. 생각해보니 지금까지 자신의 이야기에 이토록 진지하게 귀를 기울여준 사람은 아무도 없었던 것 같다. 한 시간 남짓한 상담이 끝났을 때, 그동안 묵직하게 등을 짓누르던 것들이 얼마간 가벼워졌음을 실감했다.

"미즈키 씨, 다음 주 수요일에도 똑같은 시간에 올 수 있어요?" 사카키 데쓰코는 환하게 웃으며 물었다.

"네, 올 수 있긴 한데요." 미즈키는 말했다. "또 와도 되나요?"

"물론이죠, 당신만 괜찮다면 얼마든지. 이런 일은 여러 번에 걸쳐 얘기해보지 않고서는 그리 쉽게 진척되지 않는 법이에요. 무슨 라디오의 인생 상담 방송도 아니고, 대충대충 답변해주고서 네에, 이걸로 끝, 그다음은 혼자 잘 해보세요, 라는 식이어서는 안 되죠. 시간은 좀 걸릴지도 모르지만, 우리 둘 다 시나가와 주민으로서

차근차근 잘해보자고요."

"자아, 이름과 관련해서 뭔가 생각나는 일, 없을까요?" 사카키
데쓰코는 두번째 상담의 첫 질문을 던졌다. "자신의 이름이든 다
른 사람의 이름이든 기르던 애완동물의 이름이든, 가본 적 있는
도시의 이름이든, 누군가의 별명이든, 이름에 관한 것이라면 뭐든
좋아요. 뭔가 이름에 얽힌 일이 기억난다면 얘기해줄래요?"

"이름에 얽힌 일?"

"이름, 네이밍, 서명, 점호……. 대단한 게 아니어도 상관없어
요. 이름과 관련된 일이라면 어떤 사소한 것이라도 좋아요. 한번
기억을 더듬어보세요."

미즈키는 한참동안 기억을 더듬어보았다.

"이름과 관련해서 특별히 기억나는 일은 없어요." 그녀는 말했
다. "적어도 지금 당장은 생각이 나지 않아요. 하지만…… 네, 이
름표에 관해서라면 한 가지 기억나는 게 있어요."

"그거 좋죠, 이름표에 관한 얘기."

"하지만 내 이름표가 아니에요." 미즈키는 말했다. "다른 사람
의 이름표에 관한 건데."

"네, 괜찮아요. 그 이야기를 해보세요." 카운슬러가 말했다.

"지난주에도 말했던 것처럼 나는 중고등학교 육 년 일관교육제

사립 여학교에 다녔어요." 미즈키는 말했다. "학교는 요코하마에 있고 우리 집은 나고야였기 때문에 학교 내에서 기숙사 생활을 했죠. 매주 주말마다 집에 갔어요. 금요일 저녁에 신칸센을 타고 집에 갔다가 일요일 저녁이면 기숙사로 다시 돌아오는 거예요. 요코하마에서 나고야까지 두 시간이면 갈 수 있었으니까 별로 외롭다는 생각은 없었어요."

카운슬러는 고개를 끄덕였다. "하지만 나고야에도 좋은 사립 여학교가 많은 걸로 아는데. 그렇죠? 근데 왜 굳이 부모님 슬하를 떠나 요코하마까지 가게 되었을까."

"거기가 어머니의 모교였어요. 그 학교를 무척 좋아해서 딸 하나는 거기에 보내고 싶다고 늘 말했어요. 그리고 나도 부모님과 따로 살아보고 싶다는 생각이 좀 있었죠. 미션스쿨이지만 비교적 교풍이 자유롭기도 하고, 거기서 친한 친구도 몇 명 생겼어요. 모두 다 지방에서 온 아이들이에요. 내 경우처럼 역시 어머니가 그 학교 졸업생인 아이들이 많았어요. 대체적으로 육 년 동안 거기서 즐겁게 보냈던 것 같아요. 매일매일 식사 때마다 고생은 좀 했지만."

카운슬러는 미소를 지었다. "언니가 한 명 있다고 했지요?"

"네, 두 살 많은 언니. 그렇게 언니하고 나뿐이에요."

"언니도 요코하마의 학교에?"

"아뇨, 언니는 가까운 학교에 다녔어요. 그동안 물론 부모님하고 계속 함께 있었죠. 언니는 적극적으로 바깥에 나다니는 타입이 아니에요. 어렸을 때부터 몸도 좀 약했고……. 그래서 어머니는 동생인 내가 그 학교에 들어갔으면 했어요. 나는 기본적으로 건강하고 언니보다 자립심도 강한 편이었으니까. 그래서 초등학교 졸업 무렵, 요코하마의 학교에 갈 생각이 없느냐는 어머니 말에 가겠다고 대답했어요. 주말마다 신칸센을 탈 수 있다는 것도 그때는 엄청나게 재미있을 것 같았죠."

"중간에 얘기를 끊어서 미안해요." 카운슬러는 그렇게 말하고 미소를 지었다. "자, 이야기를 계속 들어볼까요."

"기숙사는 원칙적으로 이인실이지만 고등학교 3학년에게는 일년 동안 일인실을 쓸 수 있는 특권이 주어져요. 그 사건이 일어난 건 내가 일인실을 쓰던 때였어요. 상급생이다 보니 당시 기숙사생 대표 같은 역할을 맡았어요. 기숙사 현관에 이름표를 걸어두는 보드가 있어서 기숙사생들은 한 사람 한 사람 자신의 이름표를 갖고 있었죠. 앞면에는 검은 글씨로, 뒷면에는 붉은 글씨로 자신의 이름을 쓴 거예요. 외출할 때는 반드시 그 이름표를 뒤집어 걸어야 해요. 그리고 돌아오면 다시 원래대로 해놓고. 그래서 이름표의 검은 글씨가 보이면 그 사람은 기숙사 안에 있는 것이고 붉은 글씨가 보이면 외출중이라는 거예요. 그리고 외박이나 휴가로 장기간 기숙사를 비울 때는 그 이름표를 내려요. 현관 당번은 기숙사생이 돌아가면서 맡았는데, 외부에서 전화가 오거나 하면 그 이름표로 학생이 안에 있는지 없는지 한눈에 알 수 있으니까 꽤 편리한 시스템이었어요."

카운슬러는 격려하듯이 작게 맞장구를 쳤다.

"그해 10월이었어요. 저녁 먹기 전에 내 방에서 다음 날 수업의 예습을 하고 있는데 마쓰나카 유코라는 2학년 후배가 찾아왔어요. 우리 기숙사 안에서 단연 최고의 미인으로 꼽히던 아이였어요. 하얀 피부에 긴 머리, 이목구비가 인형 같았죠. 부모님이 가나자와에서 유서 깊은 여관을 경영하는 분들이었어요. 굉장한 부잣집 딸이죠. 한 학년 후배였으니 자세한 것까지는 모르겠지만, 성적도 상당히 좋은 편이라고 들었어요. 그러니 어디서나 눈에 띄는 아이였죠. 그녀를 좋아하는 후배 여학생들도 많았어요. 하지만 유코는 쌀쌀맞거나 잘난 척하거나, 그런 건 전혀 없었습니다. 어느 쪽인가 하면 항상 조용하고 속마음을 겉으로 잘 드러내지 않는 편이었어요. 느낌이 참 좋은 아이인데 때때로 무슨 생각을 하는지 잘 알 수 없다는 인상을 받았으니까요. 그녀를 부러워하고 좋아하는 아이들은 많았지만 정말로 친한 친구는 없었던 것 같기도 해요."

기숙사 방에서 라디오 음악방송을 들으며 책상 앞에 앉아 있는데 조심스럽게 문을 두드리는 소리가 들렸다. 열어보니 마쓰나카 유코가 혼자 서 있었다. 몸에 꼭 맞는 얇은 터틀넥 스웨터에 면바지 차림이었다. 잠깐 얘기 좀 하고 싶은데 지금 괜찮으세요, 라고 그녀는 물었다. 미즈키는 내심 놀랐지만, 물론 괜찮다고 대답했다. "별로 대단한 일을 하던 것도 아니니까 상관없어." 미즈키는 그때까지 마쓰나카 유코와 단둘이 무릎을 맞대고 얘기해본 적이 없어서 그녀가 사적인 대화를 하려고 자신의 방을 찾아오리라고는 예상도 못 했다. 그녀는 의자를 권하고 보온병의 물로 티백 홍차를 타주었다.

"미즈키 선배, 질투의 감정을 경험해본 적 있어요?" 마쓰나카 유코는 별다른 전제도 없이 그렇게 물었다.

돌연한 질문에 미즈키는 더욱더 놀랐지만, 그래도 그 점에 대해 다시금 생각해보았다.

"없는 거 같은데." 미즈키는 말했다.

"한 번도?"

미즈키는 고개를 저었다. "지금 갑작스럽게 그런 얘기를 들으니까 잘 생각이 나질 않아. 질투의 감정…… 이를테면 어떤 일로?"

"이를테면 미즈키 선배가 정말로 좋아하는 사람이 미즈키 선배

아닌 다른 누군가를 좋아한다든가. 미즈키 선배가 꼭 가지고 싶어 하던 것을 다른 누군가가 쉽게 손에 넣어버렸다든가. 미즈키 선배가 이런 걸 할 줄 알면 좋겠다고 간절히 원하던 일을 다른 누군가가 별로 힘도 들이지 않고 해냈다든가. 이를테면 그런 일로."

"그런 일, 나는 없었던 것 같아." 미즈키는 말했다. "유코는 그런 일이 있었어?"

"너무 많아요."

그 대답을 듣고 미즈키는 할 말을 잃었다. 대체 이 아이는 무엇을 더 바라는 것인가. 엄청나게 예쁜 얼굴에 부잣집 딸인 데다 성적도 좋고 인기도 있다. 부모님에게는 애지중지 사랑을 받는다. 주말이면 이따금 잘생긴 대학생과 데이트한다는 얘기도 들은 적이 있다. 한 인간으로서 무엇을 더 바라면 좋을지, 미즈키는 생각도 나지 않았다.

"그건 이를테면 어떤 일인데?" 미즈키는 물어보았다.

"구체적으로 이야기하고 싶지는 않아요. 가능하면." 마쓰나카 유코는 신중하게 단어를 고르며 말했다. "게다가 구체적인 이야기를 여기서 일일이 늘어놓아도 별 의미가 없을 것 같아요. 다만 미즈키 선배에게 전부터 꼭 한 번 물어보고 싶었어요. 질투의 감정을 경험한 적이 있는지."

"꼭 나한테 물어보고 싶었던 거야?"

"네."

미즈키는 도대체 무슨 영문인지 알 수 없었지만, 일단 질문에 대해 솔직히 대답하기로 했다. "그런 경험이라면 나는 아마 없었던 것 같아." 그녀는 말했다. "이유는 잘 모르겠어. 물론 이상한 얘기로 들릴 수도 있을 거야. 나는 딱히 자신감이 충만한 것도 아니고, 원하는 건 뭐든 가질 수 있는 사람도 아니고, 오히려 여기저기 불만투성이인 사람이니까. 하지만 그렇다고 다른 누군가를 부럽다고 생각했느냐 하면 그런 일은 딱히 없었던 것 같아. 어째서일까."

마쓰나카 유코의 입가에는 작은 미소 같은 것이 떠올랐다. "질투의 마음이란 현실적이고 객관적인 조건 따위와는 별 관계가 없는 것 같아요. 좋은 환경에서 자랐으니까 다른 누군가를 질투하지 않는다든가, 별로 좋은 환경이 아니라서 질투를 한다든가, 꼭 그런 것만도 아니에요. 그건 몸속의 종양처럼 우리가 알지 못하는 곳에서 제멋대로 생겨나 이론 따위와는 상관없이 마구 퍼져가는 것이죠. 행복한 사람에게는 종양이 생기지 않는다든가 불행한 사람에게는 종양이 생기기 쉽다든가, 그런 건 아니잖아요? 그것과 마찬가지예요."

미즈키는 말없이 듣고 있었다. 마쓰나카 유코가 그렇게 길게 이야기하는 것은 매우 드문 일이었다.

"질투의 감정을 경험한 적이 없는 사람에게 그것을 설명하는 건 무척 어려워요. 다만 한 가지 말할 수 있는 것은 그런 감정과 함께 하루하루를 보내는 건 전혀 행복하지 않다는 거예요. 그것은 실제로, 작은 지옥을 끌어안고 있는 것과 같아요. 미즈키 선배가 그런 감정을 경험한 적이 없다면 그건 크게 감사해야 할 일이라고 생각해요."

거기까지 말하더니 마쓰나카 유코는 입을 다물고 미소 비슷한 표정을 띤 채 미즈키의 얼굴을 빤히 바라보았다. 정말로 예쁜 여학생이다, 라고 미즈키는 새삼 생각했다. 몸매도 좋고 젖가슴의 모양새도 예쁘다. 이렇게 어디를 봐도 흠잡을 데 없는 미인으로 태어나면 대체 어떤 기분일까. 나는 상상도 못 하겠다. 그저 단순히 자랑스럽고 기분 좋은 걸까. 아니면 나름대로 마음고생도 하는 걸까.

하지만 이상하게도 미즈키는 마쓰나카 유코를 부럽다고 생각한 일은 없었다.

"지금 집에 돌아가려고요." 마쓰나카 유코는 무릎 위에 놓인 자신의 손을 응시하며 말했다. "친척이 돌아가셔서 장례식에 참석해야 하거든요. 아까 선생님께 허락받았어요. 월요일 아침까지는 돌아올 거예요. 그동안에 가능하면 미즈키 선배가 내 이름표를 맡아주셨으면 좋겠어요."

그녀는 그렇게 말하며 호주머니에서 자신의 이름표를 꺼내 미즈키에게 내밀었다. 미즈키는 어리둥절할 수밖에 없었다.

"응, 맡아주는 거야 괜찮지만." 미즈키는 말했다. "왜 굳이 나한테 맡기려고 하지? 네 책상 서랍에 넣어두고 가도 될 텐데."

마쓰나카 유코는 조금 전보다 더 깊은 눈빛으로 미즈키를 바라보았다. 그런 식으로 빤히 쳐다보니 미즈키는 어쩐지 불안해졌다.

"이번에는 가능하면 미즈키 선배가 내 이름표를 맡아주세요." 마쓰나카 유코가 딱 자르듯이 말했다. "마음에 좀 걸리는 게 있어서 방 안에 두기가 싫어요."

"그래, 알았어." 미즈키는 말했다.

"나 없는 동안에 원숭이에게 빼앗기는 일이 없기를." 마쓰나카 유코는 말했다.

"이 방에는 아마 원숭이는 없을 거야." 미즈키도 환하게 웃으며 말했다. 농담하는 것도 마쓰나카 유코답지 않은 일이었다. 그리고 그녀는 떠났다. 이름표와 손도 대지 않은 홍차 잔과 기묘한 공백을 뒤에 남기고.

"월요일에도 마쓰나카 유코는 기숙사에 돌아오지 않았어요." 미즈키는 카운슬러에게 말했다. "담임선생님이 걱정하다가 집에 연락해봤고 그녀가 집에 가지 않았다는 것을 알았죠. 친척 중에 돌아가신 분도 없었고 물론 장례식도 없었어요. 거짓말을 하고 어딘가로 사라진 거예요. 유체가 발견된 건 그다음 주 주말이어서 나는 일요일 저녁에 나고야 집에서 기숙사로 돌아온 다음에야 그 소식을 들었어요. 자살이었습니다. 어딘가 숲속 깊은 곳에서 면도날로 손목을 긋고 피투성이가 되어 죽어 있었다고 하더라고요. 어떤 이유로 자살했는지는 아무도 몰라요. 유서라고 할 만한 것도 발견되지 않았고, 짐작할 만한 동기도 전혀 없었어요. 같은 방을 쓰던 여학생도 마쓰나카 유코는 평소와 다른 점이 전혀 없었다고 했으니까요. 뭔가 고민하는 듯한 기색도 없었다, 완전히 평소와 똑같았다, 라는 얘기였어요. 그녀는 그냥 아무 말도 없이 죽어버렸어요."

"하지만 마쓰나카는 적어도 당신에게는 뭔가를 전하려고 했던 거 아닐까?" 카운슬러가 말했다. "그래서 마지막에 당신 방에 찾아와 이름표를 맡기고 갔다. 그리고 질투에 대해서 이야기했다."

"네, 그렇겠죠. 마쓰나카 유코는 나한테 질투에 대한 얘기를 했어요. 나중에 생각해보니까 그 질투 얘기를 죽기 전에 누군가에게 꼭 하고 싶었던 것 같아요. 그때는 별로 중요한 이야기가 아니라고 생각했지만."

"마쓰나카 유코가 사망하기 전에 당신을 찾아왔다는 얘기는 다른 사람들에게 했어요?"

"아뇨, 아무에게도 그런 얘기는 하지 않았어요."

"어째서?"

미즈키는 고개를 갸웃했다. "그런 얘기를 꺼내봤자 혼란만 가중될 것 같았어요. 아무도 믿어주지 않을 거고, 아무 도움도 안 될 테니까요."

"그녀가 떠안은 강한 질투의 감정이 자살의 원인이었을지도 모른다는 것이?"

"네, 그런 말을 해봤자 분명 나만 이상한 사람이 됐겠죠. 애초에 마쓰나카 유코 같은 아이가 대체 어느 누구를 질투하겠어요? 그때는 다들 혼란에 빠져 흥분한 상태이기도 했고, 이런 때는 조용히 입 다물고 있는 게 가장 좋겠다고 생각했죠. 여학교 기숙사의 분위기는 대강 아시지요? 내가 그런 말을 꺼내는 건 가스가 가득한 곳에 성냥을 긋는 듯한 일이었어요."

"그 이름표는 어떻게 했어요?"

"아직도 내가 보관하고 있어요. 벽장 서랍 안 상자 속에 들어있을 거예요. 내 이름표와 함께."

"어쩌다 그 이름표를 당신이 계속 보관하게 됐을까?"

"그때는 학교 전체가 온통 소란스러웠고, 어찌어찌하다 보니 돌려줄 기회를 놓쳤어요. 그리고 시간이 지날수록 아무 일 없었던 것처럼 이름표를 내놓기가 어려워졌죠. 그렇다고 어디에 내다버릴 수도 없고. 게다가 마쓰나카 유코는 그 이름표를 내가 계속 간직해주기를 바랐을 거라는 생각이 들더라고요. 그래서 죽기 전에 일부러 나한테 찾아와 맡기고 간 게 아닌가 하고. 어째서 그 상대가 나였는지, 이유는 잘 모르겠지만."

"하지만 참 이상하네. 당신과 마쓰나카 유코는 그리 친한 사이도 아니었다고 했는데."

"물론 좁은 기숙사였으니까 서로 얼굴쯤은 알고 있었고 인사를 나누거나 잠깐 몇 마디 하는 일이 있었어요. 하지만 서로 학년도 다르고 그녀와 사적인 얘기를 나눈 일은 한 번도 없었죠. 다만 내가 기숙사생 대표였기 때문에 나한테 왔던 게 아닌가 싶어요." 미즈키는 말했다. "그것 말고는 다른 이유가 생각나지 않으니까."

"어쩌면 마쓰나카 유코는 어떤 이유로든 당신에게 관심이 있었는지도 모르겠네. 마음이 끌렸다든가, 아니면 당신 안에서 뭔가를 봤다든가."

"나는 잘 모르겠어요." 미즈키는 말했다.

사카키 데쓰코는 아무 말 없이 뭔가를 확인하듯이 잠시 미즈키의 얼굴을 바라보았다. 그리고 말했다.

"그건 그렇고, 당신은 정말 질투의 감정을 경험한 적이 없어요? 태어나서 지금까지 한 번도?"

미즈키는 잠시 침묵했다. 그리고 대답했다. "없었던 것 같아요,

아마 한 번도."

"그렇다면 질투의 감정이 어떤 것인지 이해할 수 없다는 건가
요?"

"대략적인 건 이해하고 있어요. 그런 것이 생겨나는 과정 같은
것에 대해서는. 다만 실감을 하지 못한다는 얘기예요. 그것이 실
제로 얼마나 강한 것이고 얼마나 오래 지속되고 어떤 식으로 힘들
고 고통스러운지."

"그렇죠." 카운슬러는 말했다. "질투라는 것도 여러 단계가 있
어요. 인간의 모든 감정이 그렇듯이. 보통 가벼운 것이라면 시샘
이나 시기라고 하지요. 그건 약간의 차이는 있지만 대부분의 사람
들이 일상적으로 경험하는 거예요. 이를테면 회사 동료가 나보다
먼저 승진했다든가, 같은 반 친구가 선생님의 사랑을 독차지한다
든가, 혹은 이웃사람이 복권에 당첨되었다든가……. 그런 것이
마냥 부럽다, 이런 건 불공평하지 않느냐 하고 조금 화가 난다. 그
런 거라면 인간의 심리로서 자연스러운 일이라고 해야겠지요. 그
런데 당신은 그런 것조차 없었어요? 누군가를 부럽다고 생각했던
일이?"

미즈키는 생각해보았다. "네, 나는 그런 일은 없었던 것 같아
요. 물론 나보다 좋은 조건을 타고난 사람들은 아주 많죠. 하지만
그렇다고 그런 사람들을 딱히 부럽다고 생각한 적은 없어요. 사람

이란 저마다 다른 거니까……."

"사람이란 저마다 다른 거니까 그런 식으로 간단히 비교할 수는 없다?"

"네, 그런 거 같아요."

"흠, 재미있네." 카운슬러는 책상 위에 올린 양손을 깍지끼며 편안한 목소리로 그야말로 매우 재미있다는 듯이 말했다. "아무튼 그런 게 가벼운 단계의 질투, 즉 시샘이에요. 하지만 심각한 단계에 이르면 얘기가 그렇게 간단하게 끝나지 않아요. 마치 기생충처럼 인간의 마음속에 털썩 자리를 잡아버리죠. 그리고 어떤 경우에는—당신의 후배가 말했듯이— 종양처럼 영혼을 깊숙이 파먹어요. 그렇게 해서 인간을 죽음에 이르게 하는 경우도 있죠. 그건 어떻게도 억제되지 않는 거라서 본인으로서는 이루 말할 수 없이 고통스러운 일이에요."

미즈키는 집에 돌아오자 벽장 서랍 안에서 비닐테이프를 붙여둔 종이박스를 꺼냈다. 마쓰나카 유코의 이름표는 미즈키 자신의 것과 함께 봉투에 넣어 거기에 두었을 터였다. 박스 안에는 초등학교 시절부터 모아온 옛 편지며 일기며 앨범, 성적표와 그밖에 온갖 기념품들이 뒤죽박죽 채워져 있었다. 언젠가 깨끗이 정리해야지 하면서도 바쁜 하루하루에 쫓겨 이사할 때마다 그대로 들고 다닌 박스였다. 하지만 이름표를 넣은 봉투는 아무리 찾아봐도 보이지 않았다. 모조리 꺼내 샅샅이 살펴봤지만 봉투는 어디에도 없었다. 미즈키는 그만 멍해져버렸다. 이 맨션으로 이사할 때, 박스 안을 대충 살펴보면서 분명 그 이름표가 든 봉투도 봤다. 그리고 '아, 아직도 이런 걸 갖고 있었네'라고 잠시 감개에 젖었던 것이다. 그러고는 아무도 못 보게 박스에 비닐테이프를 붙였고, 그뒤로 박스를 열어본 건 이번이 처음이다. 그래서 그 봉투는 반드시 이 박스 안에 있어야 하는 것이다. 의심할 여지없이. 대체 어디서 어떻게 사라져버린 것일까.

그래도 구청의 '마음의 고민 상담실'에 나가 일주일에 한 번씩 사카키 카운슬러와 상담한 뒤로는 이름을 잊어버리는 것에 그다지 신경을 쓰지 않게 되었다. 이름을 잊어버리는 증상은 전과 비슷한 빈도로 일어났지만 일단 더 심해지는 일은 없었고 자신의 이름 외에 다른 일이 기억에서 누락되는 일도 없었다. 그리고 팔찌 덕분에 아직까지는 별로 난감한 상황을 겪는 일도 없이 넘어갔다. 때로는 자신의 이름을 잊어버리는 것이 자연스러운 생활의 일부처럼 느껴지기도 했다.

미즈키는 카운슬링을 받으러 다닌다는 얘기를 남편에게는 하지 않았다. 굳이 숨기려는 것은 아니지만, 일일이 설명할 생각을 하면 귀찮은 마음이 앞섰다. 남편은 아마도 자세한 설명을 원할 게 틀림없었다. 게다가 자신의 이름을 잊어버리거나 일주일에 한 번 씩 구청에서 주최하는 카운슬링을 받는다고 해서 남편에게 뭔가 구체적인 피해를 주는 것도 아니다. 상담료도 얼마 안 든다. 또한 그녀는 마쓰나카 유코와 자신의 기숙사 시절의 이름표가 아무리 찾아봐도 있어야 할 자리에 없었다는 얘기를 사카키 카운슬러에 게 하지 않았다. 그것이 상담에 뭔가 의미 있는 일이라고 생각되 지 않았기 때문이다.

그렇게 두 달이 지나갔다. 그녀는 매주 수요일, 시나가와 구청 3층에 갔다. 상담받으러 오는 사람들이 나름대로 불어나기 시작 했는지, 특별 취급하여 한 시간이던 상담 시간은 원래 정해진 삼 십 분으로 줄어들었지만 그즈음에는 두 사람의 이야기도 이미 궤 도에 오른 상태라서 간결하고 효과적으로 진행할 수 있었다. 좀더 오래 이야기하고 싶을 때도 있지만, 어쨌거나 상담료가 무척 저렴 한 것이다. 배부른 소리를 할 처지가 못 된다.

"오늘로 아홉번째 상담인데……." 사카키 카운슬러는 상담 종 료 오 분 전이 되자 미즈키에게 말했다. "이름을 잊어버리는 횟수 가 줄어들지는 않았어도 현재로서는 늘어나지도 않았지요?"

"네, 늘어나지는 않았어요." 미즈키는 대답했다. "현상 유지 정 도가 아닌가 싶어요."

"아주 잘 됐어요, 잘 됐어." 카운슬러는 말했다. 그리고 손에 들고 있던 검은색 볼펜을 윗옷 주머니에 다시 넣고, 책상 위에서 양손을 단단히 깍지 끼었다. 그러고는 잠시 뜸을 들인 뒤에 입을 열었다. "어쩌면……이건 어디까지나 어쩌면 그렇다는 얘기인데, 다음 주에 여기에 오면 우리가 지금까지 이야기해온 문제에 큰 진전을 볼 수도 있어요."

"이름을 잊어버리는 일에 관해서요?"

"그렇죠. 잘하면 그 원인을 구체적으로 잡아서 실제로 당신에게 보여줄 수 있을 것 같아요."

"어째서 이름을 잊어버리는지, 그 원인을?"

"그렇답니다."

미즈키는 무슨 말인지 이해할 수 없었다. "구체적인 원인이라니, 그러면 그건…… 눈에 보이는 것인가요?"

"물론 눈에 보이는 것이죠, 당연히." 카운슬러는 그렇게 말하고 만족스러운 듯 양손을 맞비볐다. "그것을 접시에 얹어, 자아, 여기 있습니다, 하고 보여줄 수 있을 것 같단 얘기예요. 근데 자세한 얘기는 안타깝지만 다음 주에나 알려줘야겠군요. 정말로 잘 될지 어떨지, 현재 단계로서는 아직 확실한 게 아니라서. 아마 잘 될 거라고 기대하고 있을 뿐이에요. 만일 잘 된다면 그때는 찬찬히 설명해줄 테니까 좀 기다려봐요."

미즈키는 고개를 끄덕였다.

"어찌됐건 내가 말하고 싶은 건." 사카키 카운슬러는 말했다. "오락가락하기는 했지만 그래도 일이 해결되는 방향으로 착착 나아가고 있다는 말씀. 흔히 하는 얘기가 있죠, 인생은 세 걸음 나아가고 두 걸음 물러서는 거라고. 걱정할 거 없어요, 다 잘 될 테니까. 이 아줌마가 하는 말, 한번 딱 믿어보세요. 자아, 다시 다음 주에 만나요. 접수처에 예약하고 가는 거 잊지 말고."

카운슬러는 그렇게 말하고 윙크를 했다.

다음 주, 오후 1시에 미즈키가 '마음의 고민 상담실'에 들어가자 사카키 데쓰코는 전보다 더 활짝 웃으면서 책상 앞에 앉아 그녀를 기다리고 있었다.

"내가 당신이 이름을 잊어버리는 원인을 딱 잡아낸 것 같아요." 그녀는 자랑스러운 듯이 말했다. "이제 그 문제는 해결될 거예요."

"그럼 이제 이름을 잊어버리는 일은 없어질 거라는 말인가요?" 미즈키가 물었다.

"그렇죠. 당신은 이제 더는 이름을 잊어버리지 않아요. 원인은 밝혀졌고 그걸 올바르게 처리했으니까."

"대체 그 원인이 뭐였나요?" 반신반의하면서 미즈키는 물었다.

　사카키 데쓰코는 곁에 있던 검은 에나멜 핸드백에서 뭔가를 꺼내 책상 위에 펼쳐놓았다.

　"이거, 당신 것이라고 생각하는데?"

　미즈키는 소파에서 일어나 책상 앞으로 다가갔다. 거기에 이름표 두 개가 있었다. 하나는 '오자와 미즈키', 또 하나는 '마쓰나카 유코'라는 이름이다. 미즈키의 얼굴에서 핏기가 사라졌다. 그녀는 소파로 돌아와 털썩 주저앉았다. 한참 동안 입을 열 수 없었다. 그녀는 두 손바닥으로 입을 가리고 있었다. 마치 그곳에서 말이 흘러나오는 것을 막아보려는 것처럼.

　"놀라는 것도 당연하지만." 사카키 데쓰코는 말했다. "지금부터 찬찬히 설명해줄 테니까 일단 마음을 가라앉혀요. 무서워할 거 하나도 없으니까."

　"하지만 어떻게……." 미즈키는 말했다.

　"어떻게 당신의 기숙사 시절 이름표가 나한테 있느냐고?"

　"네, 이건 도저히……."

　"이해할 수 없다고?"

　미즈키는 고개를 끄덕였다.

　"내가 당신을 위해 다시 찾아왔죠." 사카키 데쓰코는 말했다. "그 이름표를 도둑맞는 바람에 당신이 이름을 잊어버린 거예요. 그래서 당신의 이름을 되찾기 위해서는 이 두 개의 이름표를 찾아오는 게 반드시 필요한 일이었어요."

"하지만 대체 누가……."

"누가 당신 집에서 이 두 개의 이름표를 훔쳐냈는가. 도대체 무슨 목적으로." 사카키 데쓰코는 말했다. "그 점에 대해서는 내가 여기서 당신에게 설명하는 것보다 훔쳐낸 범인에게 직접 물어보는 게 가장 좋겠지요?"

"범인이 이곳에 있다는 거예요?" 미즈키는 멍해진 목소리로 말했다.

"물론이죠. 범인을 잡아 이름표를 압수했어요. 물론 내가 직접 잡아오진 못했고, 남편과 그 부하 직원에게 부탁해서 잡았답니다. 남편이 여기 시나가와 구청 토목과장이라는 얘기는 했죠?"

미즈키는 무슨 영문인지 알지 못한 채 고개를 끄덕였다.

"어서 와요, 그 범인을 보러 갑시다. 일이 이렇게 된 이상, 얼굴 맞대고 아주 따끔하게 혼을 내줘야지."

미즈키는 사카키 데쓰코의 뒤를 따라 상담실을 나와 복도 끝의 엘리베이터에 올랐다. 그리고 지하로 내려갔다. 지하의 인기척 없는 긴 복도를 지나 가장 안쪽 방 앞에서 사카키 데쓰코가 문을 두드렸다. "네, 들어오세요." 남자의 목소리가 들리자 사카키 데쓰코는 문을 열었다.

그곳에는 키가 크고 홀쭉한 오십대 전후의 남자와 덩치가 큰 이십대 중반의 남자가 있었다. 둘 다 연한 커피색 작업복 차림이었다. 중년남자는 '사카키'라는 이름표를, 그리고 젊은 남자는 '사쿠라다'라는 이름표를 가슴팍에 달고 있었다. 사쿠라다는 손에 검은색 경봉을 들고 있었다.

"안도 미즈키 씨지요?" 사카키가 말했다. "나는 사카키 데쓰코의 남편 사카키 요시로라고 합니다. 이곳 시나가와 구청의 토목과장으로 일하고 있어요. 이쪽은 우리 토목과의 사쿠라다 씨."

"안녕하세요, 잘 부탁합니다." 미즈키가 말했다.

"어때요, 얌전하게 있어요?" 사카키 데쓰코가 남편에게 물었다.

"응, 완전히 체념했는지 조용해졌어." 사카키 요시로는 말했다. "사쿠라다가 아침부터 여기서 계속 감시하고 있었는데 별로 날뛰지는 않은 모양이야."

"네, 얌전한 놈이에요." 사쿠라다는 약간 유감스럽다는 듯이 말했다. "혹시 날뛰기라도 하면 따끔한 맛을 보여주려고 했는데 아무 일도 없었어요."

"사쿠라다는 학생 때 메이지 대학 가라테 부의 주장이었죠. 전도유망한 청년입니다." 사카키 과장이 말했다.

"그런데…… 대체 누가 무엇 때문에 우리 집에서 이름표 같은 걸 훔쳐낸 거예요?" 미즈키가 물었다.

"자아, 범인을 만나게 해줄까요?" 사카키 데쓰코는 말했다.

방 안쪽에 또 하나의 문이 있고 사쿠라다가 그 문을 열었다. 그리고 벽에 붙은 스위치를 눌러 불을 켰다. 안을 한 바퀴 점검하더니 이쪽을 향해 고개를 끄덕였다. "이상 없습니다. 들어오세요."

우선 사카키 과장이 들어가고 그다음에 사카키 데쓰코, 그리고 마지막으로 미즈키가 안으로 들어갔다. 작은 창고 같은 곳이었다. 가구는 없었다. 다만 작은 의자가 하나 있고 그 의자에 원숭이 한 마리가 앉아 있었다. 원숭이 치고는 상당히 몸집이 큰 편일 것이다. 성인이 된 인간보다는 작지만 초등학생보다는 크다. 털은 보통 일본원숭이보다 약간 긴 것 같고 군데군데 회색 털이 섞여 있었다. 나이는 잘 모르겠으나 그리 어리지는 않은 것 같았다. 원숭이는 앞다리와 뒷다리가 목제의자에 가느다란 밧줄로 꽁꽁 묶여 있었다. 긴 꼬리는 끝이 바닥에 축 늘어졌다. 미즈키가 방으로 들어가자 원숭이는 그녀를 흘끗 쳐다보더니 시선을 발밑으로 떨구었다.

"원숭이?" 미즈키는 말했다.

"그렇답니다." 사카키 데쓰코가 말했다. "원숭이가 당신 집에서 이름표를 훔쳐간 거예요."

나 없는 동안에 원숭이에게 빼앗기는 일이 없기를. 마쓰나카 유코는 말했었다. 그게 농담이 아니었구나, 라고 미즈키는 생각했다. 마쓰나카 유코는 이 일을 알고 있었던 것이다. 미즈키는 등줄

기가 써늘해졌다.

"하지만 어떻게 그걸……."

"어떻게 그걸 알아냈느냐는 얘기?" 사카키 데쓰코가 말했다. "그건 내가 프로라서 그렇지. 처음에 말했잖아요. 내가 정식 자격도 있고 경험도 풍부하다니까. 사람이란 겉모습만 보고는 모르는 거예요. 구청에서 저렴한 상담료로 봉사활동을 하고 있지만 사무실 멋지게 차려놓고 일하는 사람들보다 카운슬러 능력이 떨어지는 건 아니랍니다."

"물론 그건 잘 알지요. 그냥 나는 너무 깜짝 놀라서……."

"아이, 괜찮아요, 괜찮아. 농담으로 해본 소리예요." 사카키 데쓰코가 웃으며 말했다. "솔직히 나는 카운슬러로서는 상당히 이색적인 사람이에요. 그래서 조직이나 학계 같은 곳과는 어째 영 맞질 않아요. 이런 데서 나 좋을 대로 일하는 게 성격에 맞죠. 내가 일하는 방식이 보시다시피 꽤 특이하잖아요."

"하지만 정말로 유능한 카운슬러예요." 남편 사카키 요시로가 정색하며 거들고 나섰다.

"그럼 저 원숭이가 이름표를 훔쳐간 거군요." 미즈키는 말했다.

"그렇답니다. 집에 몰래 들어가 벽장 안의 상자에서 이름표를 훔쳐냈어요. 그게 일 년쯤 전이에요. 당신이 이름을 잊어버리기 시작한 것도 바로 그 무렵이었죠?"

"네, 분명 그 무렵부터였어요."

"죄송합니다." 원숭이가 처음으로 입을 열었다. 굵직하고 낮은 음성이었다. 거기에서는 어떤 종류의 음악성까지 감지되었다.

"말을 할 줄 알아요?" 미즈키는 아연해서 말했다.

"네, 말을 할 줄 압니다." 원숭이는 표정을 바꾸지 않고 말했다. "그밖에도 사과드려야 할 일이 있습니다. 댁에 이름표를 훔치러 갔을 때, 바나나 두 개를 실례해버렸습니다. 이름표 말고는 아무것도 손대지 않으려고 했는데 제가 그때 너무 배가 고파서요. 나쁜 짓이라고 생각하면서도 식탁 위에 있던 바나나 두 개를 먹어버렸어요. 정말로 맛있게 보여서 그만."

"이런 뻔뻔한 녀석." 사쿠라다가 검은 경봉을 자신의 손바닥에 탁탁 내리치며 말했다. "또 다른 것도 훔쳐갔을지 몰라요. 잠깐 손 좀 봐줄까요?"

"아이, 그럴 것까지야 있나." 사카키 과장이 만류했다. "바나나 건도 정직하게 제 입으로 털어놨고, 보아하니 그리 흉악한 원숭이는 아닌 것 같아. 일이 좀더 명확해질 때까지는 너무 거칠게 나가지 말자고. 혹시라도 구청 안에서 동물에게 폭력을 휘두른 게 알려지면 일이 복잡해져."

"왜 이름표 같은 걸 훔쳐간 거야?" 미즈키는 원숭이에게 물어보았다.

"나는 이름을 훔치는 원숭이예요." 원숭이는 말했다. "그게 내 고질병입니다. 이름이 보이면 훔치지 않고서는 견딜 수가 없어요. 물론 아무 이름이나 다 훔치는 건 아닙니다. 끌리는 이름이 있어요. 유난히 끌리는 이름. 그런 이름을 보면 어떻게든 손에 넣어야 하는 거예요. 그래서 집에 몰래 들어가 그런 이름을 훔쳐옵니다. 나쁜 일이라는 건 잘 알지만 나도 그런 나를 막을 수가 없어요."

"학교 기숙사에서 마쓰나카 유코의 이름표를 훔치려고 했던 것도 너였어?"

"네, 그렇습니다. 나는 거의 절망적일 만큼 마쓰나카 씨를 연모했어요. 일개 원숭이로서 그토록 애태워 사랑한 일은 그전에도 그후에도 없었습니다. 하지만 마쓰나카 씨를 내 것으로 만드는 건 불가능하지요. 어쨌거나 나는 원숭이니까 그건 이루어질 수 없는 일이죠. 그래서 어떻게든 그 사람의 이름을 훔쳐내기로 했어요. 그나마 이름만이라도 내가 갖고 싶었던 거예요. 그 사람의 이름을 갖는 것만으로도 내 마음은 한없이 가득 채워졌을 거예요. 나 같은 원숭이가 그 이상 뭘 바라겠습니까. 하지만 그런 소망이 이루어지지 못한 채, 그 사람은 스스로 목숨을 끊어버렸어요."

"혹시 너, 마쓰나카 유코가 자살한 일과 관계가 있어?"

"아니요." 원숭이는 강하게 고개를 저었다. "그건 아닙니다. 그 사람이 자살한 건 나와는 전혀 관계가 없어요. 마쓰나카 씨는 옴

짝달싹 못할 마음속 어둠을 떠안고 있었어요. 아마 어느 누구도 그 사람을 구할 수 없었을 겁니다."

"하지만 우리 집에 그녀의 이름표가 있다는 걸 어떻게 최근에 알아냈지?"

"거기에 가닿기까지 참으로 오랜 시간이 걸렸지요. 마쓰나카 씨가 사망한 뒤, 나는 즉시 이름표를 손에 넣으려고 했어요. 누군 가 그 이름표를 가져가기 전에 어떻게든 내 손에 넣으려고. 하지 만 이름표는 이미 사라지고 없었어요. 그게 어디로 갔는지, 어느 누구도 알지 못했습니다. 나는 사방팔방으로 알아봤어요. 몸이 가 루가 되도록 온갖 곳을 찾아다녔어요. 하지만 이름표의 행방은 알 수 없었습니다. 마쓰나카 유코 씨가 설마 당신에게 이름표를 맡기 러 갔을 줄은 그때는 생각도 못했어요. 그리 친한 사이도 아니었 으니까요."

"그래, 맞아." 미즈키는 말했다.

"하지만 어느 순간 퍼뜩 생각이 났어요. 혹시 오자와 미즈키 씨 의 손에 그녀의 이름표가 건너간 게 아닌가 하고. 그게 작년 봄의 일이었습니다. 오자와 미즈키 씨가 결혼해서 이름이 안도 미즈키 씨로 바뀌었고 시나가와 구의 맨션에 사신다는 것을 알아내기까 지 그로부터 다시 한참이나 시간이 걸렸어요. 그런 걸 알아보려고 할 때 내가 원숭이라는 건 아주 불편한 일이죠. 하지만 어쨌든 그렇게 해서 댁에 도둑질을 하러 가게 된 겁니다."

"하지만 그 참에 왜 내 이름표까지 가져갔지? 마쓰나카의 이름
표뿐만 아니라 내 것까지. 그 바람에 나는 상당히 힘들었어. 내 이
름을 알 수 없게 되었다고."

"정말 죄송합니다." 원숭이는 부끄러운 듯 머리를 떨구었다.
"마음이 끌리는 이름을 보면 나도 모르게 훔치게 됩니다. 참으로
부끄러운 얘기지만 오자와 미즈키 씨의 이름표도 나의 조그만 가
슴을 강하게 뒤흔들었어요. 앞서도 말씀드렸다시피 이건 고질병
입니다. 나 스스로도 그 충동을 억누를 수 없어요. 안 된다고 생각
하면서도 저도 모르게 손을 대게 돼요. 큰 피해를 드린 점에 대해
서는 진심으로 사과드립니다."

"이 원숭이는 시나가와 구의 하수도에 숨어 있었어요." 사카키
데쓰코가 말했다. "그래서 남편에게 부탁해 이곳 젊은 직원과 함
께 붙잡아오라고 했죠. 남편이 토목과 과장이고 하수도는 토목과
담당이니까 마침 딱 좋았어요."

"이 원숭이를 잡아오는 데는 여기 사쿠라다가 맹활약을 해줬답
니다." 사카키 과장이 말했다.

"우리 구의 하수도에 이런 고약한 녀석이 숨어 있다니, 토목과
에 몸을 담은 사람으로서 도저히 그냥 지나칠 수 없는 일이지요."
사쿠라다는 자랑스러운 듯 말했다. "아무래도 이 녀석이 다카나

와 부근 지하에 임시 거처를 만들어놓고 거기를 본거지 삼아 하수도를 타고 도쿄 여기저기로 돌아다닌 것 같아요."

"대도시에는 우리가 살아갈 만한 곳이 없어요. 나무숲이 적으니 한낮에는 그늘을 찾기도 쉽지 않아요. 게다가 땅 위로 나가면 사람들이 우르르 달려들어 나를 잡으려고 합니다. 어린애들은 새총이며 BB탄을 쏘아대고 반다나를 두른 대형견이 앞다투어 쫓아와요. 나무 위에서 쉬고 있으면 텔레비전 방송국 카메라가 나와서 조명을 들이대지요. 잠시도 마음을 놓을 틈이 없어요. 그러니 지하로 숨어들 수밖에 없었어요. 제발 용서해주십시오." 원숭이는 말했다.

"하지만 이 원숭이가 하수도에 숨어 있다는 걸 선생님은 어떻게 아셨어요?" 미즈키는 사카키 데쓰코에게 물었다.

"지난 두 달 동안 당신의 이야기를 찬찬히 듣다 보니 여러 가지가 점점 선명하게 보이기 시작하더라고요. 마치 안개가 걷히는 것처럼." 사카키 데쓰코는 말했다. "이 일에는 아마도 이름을 훔쳐내는 습관을 가진 뭔가가 개재되어 있을 것이고, 그 뭔가는 이 지역 어딘가에 아직도 숨어 있는 게 아닐까. 그리고 대도시에서 지하라고 하면 그 범위는 자연히 한정되지요? 지하철 구내 아니면 하수도, 그런 곳이죠. 그래서 남편에게 시험 삼아 부탁해봤어요. 이 근처 하수도에 인간이 아닌 것이 한 마리 있는 것 같은데 당신이 좀 알아봐주겠느냐고. 그랬더니만 웬일이야, 딱 맞혔어, 이 원숭이가 발견된 거예요."

미즈키는 한참동안 할 말을 잃고 멍해져 있었다. "그래도…… 내 이야기만 듣고 어떻게 그런 것까지 알아낼 수 있어요?"

"한 식구인데 이런 말을 하는 건 쑥스럽지만, 아내에게는 보통 사람이 갖지 못한 특별한 능력이 있습니다." 남편 사카키 과장이 진지한 얼굴로 말했다. "결혼하고 그럭저럭 이십이 년이 되었는데, 나는 이런 불가사의한 일을 수없이 목격했어요. 그러니 여기 구청에 '마음의 고민 상담실'을 개설할 수 있도록 열심히 힘을 썼지요. 아내가 능력을 발휘할 수 있는 장소를 마련해주면 반드시 시나가와 구민에게 도움이 될 거라고 확신했기 때문이에요. 어쨌든 이번 이름 도난사건이 일단 해결되어서 다행입니다. 정말 잘됐어요. 나로서도 이제야 좀 마음이 놓이는군요."

"그런데 이 사로잡은 원숭이는 어떻게 하실 건가요?" 미즈키는 물었다.

"살려둬봤자 아무 도움도 안 될 겁니다." 사쿠라다가 잘라 말했다. "한번 몸에 밴 못된 버릇은 웬만해서는 고쳐지지 않아요. 말이야 번드르르하지만 또 어딘가에서 똑같은 짓을 할 겁니다. 이참에 아예 처치해버리시죠. 그러는 게 가장 좋아요. 농축한 소독액을 혈관에 주사하면 이런 원숭이쯤은 눈 깜짝할 사이에 처리할 수 있습니다."

"어허, 그럴 것까지야." 사카키 과장이 말했다. "어떤 이유에서든 동물을 죽였다는 게 알려지면 반드시 어디선가 민원이 들어오고 큰 문제가 될 거야. 지난번에 포획한 까마귀를 한꺼번에 몰아서 처분했을 때도 한바탕 시끄러웠잖아. 그런 마찰은 가능하면 피해야지."

"제발 부탁입니다. 나를 죽이지 말아주세요." 원숭이도 꽁꽁 묶인 채 머리를 깊이 조아리며 애원했다. "나라고 늘 못된 짓만 하는 건 아니에요. 분명 내가 한 짓은 나쁜 일이었어요. 나도 잘 알고 있습니다. 인간님께 큰 피해를 끼쳤습니다. 하지만요, 억지를 부리려는 건 아니지만, 사실 그 일도 긍정적인 면이 전혀 없는 건 아니에요."

"사람의 이름을 훔치는 것에 대체 무슨 긍정적인 면이 있다는 거야? 어디 설명 좀 해봐." 사카모토 과장이 강한 어조로 물었다.

"네, 말씀드리지요. 나는 분명 인간님의 이름을 훔쳤습니다. 하지만 그와 동시에 이름에 딸려 있는 부정적인 요소 또한 조금쯤은 가져오게 됩니다. 이건 내 자랑 같지만, 만일 내가 그때 마쓰나카 유코 씨의 이름을 훔쳐내는 데 성공했더라면, 이건 어디까지나 작은 가능성이지만, 어떻든 마쓰나카 씨는 스스로 목숨을 끊지 않고 넘어갔을 수도 있어요."

"그건 왜지?" 미즈키가 물었다.

"만일 내가 마쓰나카 씨의 이름을 훔치는 데 성공했더라면 나는 그것과 함께 그녀의 마음속에 숨어든 어둠도 얼마간 가져왔을 거예요. 나는 그것을 이름과 함께 지하세계로 가져갈 수도 있지 않았을까, 자꾸 그런 생각이 듭니다." 원숭이는 말했다.

"잘도 둘러대는구나." 사쿠라다가 말했다. "이런 말은 그대로 받아들여서는 안 됩니다. 제 목숨이 오락가락하니까 그야말로 원숭이 잔재주 같은 변명을 늘어놓는 거예요."

"아니, 그렇지 않을 수도 있어. 이 원숭이가 하는 말에도 어쩌면 일리가 있는지도 모르겠어." 사카키 데쓰코는 팔짱을 끼고 잠시 생각에 잠겨 있다가 이윽고 말했다. 그리고 원숭이를 향해 캐물었다. "네가 이름을 훔쳐낼 때 거기에 있는 좋은 것과 함께 나쁜 것도 동시에 떠안고 간다는 거야?"

"네, 그렇습니다." 원숭이는 말했다. "좋은 것만 쏙쏙 뽑아갈 수는 없으니까요. 거기에 나쁜 것이 포함되어 있으면 우리 원숭이는 그것도 받아갑니다. 모두 통째로 받아들이는 거예요. 제발 부탁입니다. 나를 죽이지 말아주세요. 나는 못된 버릇을 가진 한심한 원숭이지만, 그렇다고 여러분께 도움이 되는 면이 전혀 없지는 않아요."

"그럼 내 이름에는 어떤 나쁜 것이 있었어?" 미즈키는 원숭이에게 물었다.

"내 입장에서는 그런 말을 본인 앞에서 하고 싶지는 않습니다." 원숭이는 말했다.

"아니, 알려줘." 미즈키는 말했다. "만일 분명하게 그걸 내게 알려주면 너를 용서해줄게. 용서해주라고 여기 있는 분들께 내가 대신 부탁할게."

"정말입니까?"

"만일 그걸 내게 솔직하게 알려준다면 이 원숭이를 용서해주시겠어요?" 미즈키는 사카키 과장에게 말했다. "애초 본성이 나쁜 원숭이는 아닌 것 같아요. 이번에 따끔하게 혼이 나기도 했으니까 잘 타일러서 다카오야마高尾山에라도 풀어주면 더는 못된 짓을 안 할 거예요. 과장님, 어떠세요?"

"미즈키 씨가 괜찮다고 하신다면 나도 이의는 없어요." 사카키 과장이 말했다. 그리고 원숭이를 향해 말을 건넸다. "이봐, 여기서 풀어주면 더는 도쿄 23구 안에는 들어오지 않겠다고 맹세하겠나?"

"예, 사카키 과장님. 나는 이제 도쿄 23구 안에는 들어오지 않겠습니다. 더는 여러분께 피해를 끼치지 않겠습니다. 하수도에서 어슬렁거리지도 않겠습니다. 나도 이제 그리 젊은 나이도 아니고, 이번 일은 내 삶의 방식을 바꿀 좋은 기회인지도 모르겠어요." 원숭이는 진지한 얼굴로 그렇게 약속했다.

"혹시 모르니까 이 녀석이라는 걸 한눈에 알아볼 수 있게 엉덩이에 낙인을 찍어둘까요?" 사쿠라다가 말했다. "시나가와 구 마크를 찍는 공사용 전기인두가 저기 어디쯤에 있을 겁니다."

"제발 그것만은 안 됩니다." 원숭이는 곧 울음이 터질 듯한 얼굴로 애원했다. "엉덩이에 묘한 마크가 찍혀 있으면 원숭이 친구들이 경계해서 나를 받아주지 않아요. 무엇이든 숨김없이 다 말씀드릴 테니 낙인만은 제발 찍지 말아주세요."

"그래, 전기인두는 꺼내지 않는 게 좋겠어." 사카키 과장이 중재에 나섰다. "더구나 시나가와 구 마크가 원숭이 엉덩이에 찍혀 있으면 두고두고 책임져야 할 문제가 될 수 있어."

"네, 과장님이 그렇게 말씀하신다면야." 사쿠라다는 유감스러운 듯 말했다.

"그래서 내 이름에는 어떤 나쁜 것이 딸려 있었어?" 미즈키는 원숭이의 작고 붉은 눈을 지그시 바라보며 물었다.

"내가 그 말씀을 드리면 미즈키 씨는 상처를 입을지도 모르는데요."

"괜찮으니까 말해봐."

원숭이는 난처한 듯 잠시 생각에 잠겼다. 이마의 주름이 좀더 깊어졌다. "그래도 듣지 않으시는 게 좋을 텐데요."

"괜찮아. 나는 있는 그대로의 사실을 알고 싶어."

"알겠습니다." 원숭이는 말했다. "그러면 있는 그대로 말씀드리겠습니다. 당신의 어머니는 당신을 사랑하지 않아요. 어렸을 때부터 지금까지 당신을 사랑한 적이 한 번도 없습니다. 어째서 그런지는 나도 모르겠어요. 하지만 그게 사실입니다. 언니 쪽도 마찬가지예요. 당신을 좋아하지 않습니다. 어머니가 당신을 요코하마의 학교로 보낸 것은 골칫거리를 없애고 싶었기 때문이었어요. 당신의 어머니와 언니는 당신을 가능한 한 멀리 보내버린 것이지요. 당신의 아버지는 결코 나쁜 분은 아니지만, 애석하게도 소심한 성품이었어요. 그래서 당신을 지켜줄 수 없었습니다. 그런 까닭에 당신은 어려서부터 누구에게도 충분한 사랑을 받아본 적이 없습니다. 당신도 그건 어렴풋이 알고 있었을 거예요. 하지만 의도적으로 그걸 모른 척해왔지요. 그런 사실에서 눈을 돌려버리고, 마음속의 작은 어둠 안에 쑤셔넣고 뚜껑을 닫아버린 채, 괴로운 일은 생각하지 않도록, 안 좋은 일은 쳐다보지 않도록 하면서 살아왔어요. 부정적인 감정을 꾹꾹 억누른 채. 그리고 그런 방어적인 자세는 당신이라는 인간의 일부가 되어버렸어요. 그렇지요? 하지만 그로 인해 당신은 누군가를 진지하게, 무조건적으로 진심을 다해 사랑할 수 없게 되고 말았습니다."

미즈키는 침묵하고 있었다.

"당신은 현재까지 별 문제 없이 행복한 결혼생활을 하는 것처럼 보입니다. 실제로 행복한지도 모릅니다. 하지만 당신은 남편분을 깊이 사랑할 수 없어요. 그렇지요? 만일 자녀분이 태어나더라도 이대로 가면 똑같은 상황이 될 수 있습니다."

미즈키는 아무 말도 하지 않았다. 바닥에 웅크리고 앉아 눈을 감았다. 몸 전체가 스르르 풀려나가는 듯한 느낌이었다. 살도 내장도 뼈도, 모두 낱낱이 흩어져버릴 것만 같았다. 자신이 숨을 쉬는 소리만 귀에 와닿았다.

"원숭이 주제에 별 엉터리 같은 소리를 주절거리는군요." 사쿠라다가 고개를 저으며 말했다. "과장님, 이제 정말 못 참겠어요. 아주 따끔한 맛을 보여주자고요."

"잠깐만요." 미즈키는 말했다. "모두 맞는 말이에요. 이 원숭이가 하는 말이 맞습니다. 그건 나도 줄곧 알고 있었어요. 하지만 그런 건 돌아보지 않도록 하면서 지금까지 살아왔죠. 눈을 가리고 귀를 막은 채. 원숭이는 그저 정직하게 얘기했을 뿐이에요. 그러니 부디 용서해주세요. 아무 말 마시고 이대로 산에 데려가 풀어주세요."

사카키 데쓰코는 미즈키의 어깨에 살며시 손을 얹었다. "당신은 그걸로 괜찮겠어요?"

"네, 괜찮아요. 내 이름만 찾으면 그걸로 됐어요. 나는 거기에 담겨진 것들과 함께 앞으로의 인생을 살아갈 거예요. 그게 내 이름이고 내 인생이니까요."

사카키 데쓰코는 남편에게 말했다. "여보, 이번 주말에 우리 차로 드라이브도 할 겸 다카오야마에 가서 이 원숭이를 적당한 곳에 풀어줍시다. 어때요, 괜찮죠?"

"나야 물론 괜찮지." 사카키 과장은 말했다. "새 차도 뽑았겠다, 운전에 익숙해지기 딱 좋은 거리야."

"고맙습니다. 어떻게 감사의 말씀을 드려야 할지 모르겠습니다." 원숭이는 말했다.

"차멀미 같은 건 안 해?" 사카키 데쓰코는 원숭이에게 물었다.

"네, 괜찮습니다. 새 시트에 토하거나 똥오줌을 싸는 일은 결코 없을 겁니다. 얌전히 앉아 있겠습니다. 여러분께 더는 폐를 끼치지 않겠습니다."

헤어지는 참에 미즈키는 원숭이에게 마쓰나카 유코의 이름표를 건넸다.

"이건 내가 갖고 있는 것보다 네가 간직하는 게 좋을 것 같아." 미즈키는 원숭이에게 말했다. "마쓰나카 유코를 좋아했잖아."

"네, 나는 그 분을 좋아했습니다."

"이 이름표, 소중히 간직해줘. 그리고 이제 다시는 다른 사람의 이름을 훔쳐서는 안 돼."

"네, 이 이름표는 무엇보다 소중히 간직하지요. 그리고 도둑질
도 딱 끊겠습니다." 원숭이는 성실한 눈빛을 내보이며 약속했다.

"하지만 왜 마쓰나카 유코는 죽기 전에 나한테 이름표를 맡겼
을까? 왜 그 상대가 나였던 거지?"

"그건 나도 모르겠어요." 원숭이는 말했다. "하지만 어찌됐건
그 덕분에 나와 미즈키 씨는 이렇게 만나고 이야기도 할 수 있었
어요. 이것도 운명인 것이겠지요."

"그래, 그 말이 맞다." 미즈키는 말했다.

"내가 한 이야기가 미즈키 씨의 마음에 상처를 입혔을까요?"

"글쎄." 미즈키는 말했다. "상처를 입은 것 같아. 아주 깊이."

"정말 죄송해요. 나도 실은 말하고 싶지 않았어요."

"괜찮아. 나도 이미 마음속 깊은 곳에서는 알고 있었어. 언젠가
는 내가 정면으로 마주했어야 할 일이야."

"그렇게 말씀해주시니 마음이 한결 편안해지네요." 원숭이는
말했다.

"안녕." 미즈키는 원숭이에게 말했다. "이제 아마 다시 만날 일
은 없을 것 같구나."

"미즈키 씨도 건강하게 잘 지내세요." 원숭이는 말했다. "나 같
은 원숭이의 목숨을 구해주셔서 고맙습니다."

"이봐, 두 번 다시 시나가와 구에 들어오면 안 돼." 사쿠라다가 경봉을 손바닥에 탁탁 내리치며 말했다. "오늘은 과장님의 배려도 있고 해서 특별히 봐주지만, 다음에 또 이 근처에서 눈에 띄었다가는 누가 무슨 말을 하건 내가 절대로 살려 보내지 않을 거야."

그것이 단순한 위협이 아니라는 건 원숭이도 충분히 알아들은 것 같았다.

"자아, 다음 주는 어떻게 할까." 상담실에 돌아와 사카키 데쓰코는 미즈키에게 물었다. "아직도 내게 상담할 일이 있나요?"

미즈키는 고개를 저었다. "아뇨, 선생님 덕분에 문제가 완벽히 해결됐어요. 여러 모로 고마웠습니다. 깊이 감사드립니다."

"아까 원숭이가 당신에게 말했던 것에 대해서는 딱히 나와 상담할 필요는 없겠지요?"

"네, 그건 나 스스로 어떻게든 헤쳐나갈 수 있을 거예요. 그리고 무엇보다 나 스스로 먼저 생각해봐야 할 일인 것 같아요."

사카키 데쓰코는 고개를 끄덕였다. "그래요, 당신이라면 충분히 헤쳐나갈 수 있어요. 마음만 먹으면 얼마든지 강해질 수 있는 사람이니까."

미즈키는 말했다. "하지만 도저히 어떻게도 할 수 없을 때는 다시 이 상담실을 찾아와도 될까요?"

"물론이죠." 사카키 데쓰코는 말했다. 그리고 유연성이 뛰어난 얼굴을 옆으로 쭉 늘이며 씨익 웃었다. "그때는 또 우리 둘이서 뭔가 때려잡아봅시다."

그리고 두 사람은 악수를 하고 헤어졌다.

집에 돌아오자 미즈키는 원숭이에게서 되찾아온 '오자와 미즈키'라는 낡은 이름표와 '안도(오자와) 미즈키'라는 이름이 새겨진 은팔찌를 갈색 서류봉투에 넣어 테이프로 밀봉하고 벽장 안의 종이박스에 넣었다. 마침내 자신의 이름이 손 안에 돌아온 것이다. 그녀는 앞으로 다시 그 이름과 함께 살아갈 것이다. 일이 잘 풀릴 수도 있고 잘 풀리지 않을 수도 있다. 하지만 어쨌거나 그게 바로 그녀의 이름이고 그밖에 다른 이름은 없는 것이다.

지은이 무라카미 하루키

1949년 교토 출생. 1979년 《바람의 노래를 들어라》로 '군조신인문학상'을 수상하며 데뷔했고, 1987년에는 현재까지도 꾸준히 사랑받고 있는 대표작 《노르웨이의 숲》을 발표하여 하루키 신드롬을 낳았다. 전세계 45개 이상의 언어로 50편 이상의 작품이 번역 출간된 명실상부한 세계적 작가로, 2009년에는 《1Q84》로 또 한 번의 하루키 신드롬을 불러일으켰고, 《샐러드를 좋아하는 사자》 등 '무라카미 라디오' 시리즈를 비롯한 《무라카미 하루키 잡문집》 《더 스크랩》 《시드니!》 등 개성적인 문체가 살아 있는 에세이 역시 소설 못지않은 팬덤을 형성하고 있다.

옮긴이 양윤옥

일본 문학 전문 번역가. 옮긴 책으로 무라카미 하루키의 《1Q84》 《중국행 슬로보트》, 히가시노 게이고의 《나미야 잡화점의 기적》 《악의》, 오쿠다 히데오의 《남쪽으로 튀어》 《올림픽의 몸값》, 오카자키 다쿠마의 '커피점 탈레랑의 사건 수첩' 시리즈, 마루야마 겐지의 《무지개여 모독의 무지개여》 등 다수의 작품을 우리말로 옮겼고, 2005년 히라노 게이치로의 《일식》으로 일본 고단샤에서 수여하는 노마문예번역상을 수상했다.

도쿄기담집

1판 1쇄 발행 2014년 8월 8일 **1판 7쇄 발행** 2024년 5월 27일
지은이 무라카미 하루키 **옮긴이** 양윤옥
펴낸이 박강휘
편집 장선정 **디자인** 정지현

발행처 김영사
주소 경기도 파주시 문발로 197(문발동) 우편번호10881
등록 1979년 5월 17일(제406-2003-036호)
구입 문의 전화 031)955-3100 **팩스** 031)955-3111
편집부 전화 02)3668-3295 **팩스** 02)745-4827 **전자우편** literature@gimmyoung.com
비채 블로그 blog.naver.com/viche_books
인스타그램 @drviche @viche_editors **트위터** @vichebook
ISBN 979-11-85014-56-2 03830 책값은 뒤표지에 있습니다.

비채는 김영사의 문학 브랜드입니다.